セメント樽の中の手紙

葉山嘉樹

角川文庫
15328

セメント樽の中の手紙　目次

セメント樽《だる》の中の手紙

松戸与三はセメントあけをやっていた。外の部分は大して目立たなかったけれど、頭の毛と、鼻の下は、セメントで灰色に蔽《おお》われていた。彼は鼻の穴に指を突っ込んで、鉄筋コンクリートのように、鼻毛をしゃちこばらせている、コンクリートを除《と》りたかったのだが、一分間に十才《サイ》ずつ吐き出す、コンクリートミキサーに、間に合わせるためには、とても指を鼻の穴に持って行く間はなかった。

彼は鼻の穴を気にしながら遂々《とうとう》十一時間——その間に昼飯と三時休みと二度だけ休みがあったんだが、昼の時は腹の空《す》いてるために、も一つはミキサーを掃除していて暇がなかったため、遂々鼻にまで手が届かなかった——の間、鼻を掃除しなかった。彼の鼻は石膏《せっこう》細工の鼻のように硬化したようだった。

彼が仕舞時分に、ヘトヘトになった手で移した、セメントの樽から、小さな木の箱が出た。

「何だろう?」と彼はちょっと不審に思ったが、そんなものに構っては居られなかった。彼はシャヴルで、セメン桝《ます》にセメントを量り込んだ。そして桝から舟へセメントを空けると又すぐ此《この》樽を空けにかかった。

「だが待てよ。セメント樽から箱が出るって法はねえぞ」

彼は小箱を拾って、腹かけの丼《どんぶり》の中へ投げ込んだ。箱は軽かった。

「軽い処《ところ》を見ると、金も入っていねえようだな」

彼は、考える間もなく次の樽を空け、次の桝を量らねばならなかった。

ミキサーはやがて空廻《からまわ》りを始めた。コンクリがすんで、終業時間になった。

彼は、ミキサーに引いてあるゴムホースの水で、一《ひ》と先《ま》ず顔や手を洗った。そして弁当箱を首に巻きつけて、一杯飲んで食うことを専門に考えながら、彼の長屋へ帰って行った。発電所は八分通り出来上ていた。夕暗《ゆうやみ》に聳《そび》える恵那《えな》山は真っ白に雪を被《かぶ》っていた。汗ばんだ体は、急に凍えるように冷たさを感じ始めた。彼の通る足下では木曾《きそ》川の水が白く泡を嚙《か》んで、吠《ほ》えていた。

「チェッ！　やり切れねえなあ、嬶《かかあ》は又腹を膨らかしやがったし、……」彼はウヨウヨしてる子供のことや、又此《この》寒さを目がけて産れる子供のことや、滅茶《めちゃ》苦茶に産む嬶の事を考えると、全くがっかりしてしまった。

「一円九十銭の日当の中から、日に、五十銭の米を二升食われて、九十銭で着たり、住んだり、篦棒奴《べらぼうめ》！　どうして飲めるんだい！」

が、フト彼は丼の中にある小箱の事を思い出した。彼は箱についてるセメントを、ズボンの尻《しり》でこすった。

箱には何にも書いてなかった。そのくせ、頑丈に釘《くぎ》づけしてあった。

「思わせ振りしやがらあ、釘づけなんぞにしやがって」

彼は石の上へ箱を打《ぶ》っ付けた。が、壊れなかったので、この世の中でも踏みつぶす気になって、自棄《やけ》に踏みつけた。

彼が拾った小箱の中からは、ボロに包んだ紙切れが出た。

それにはこう書いてあった。

——私はNセメント会社の、セメント袋を縫う女工です。私の恋人は破砕器へ石を入れることを仕事にしていました。そして十月の七日の朝、大きな石を入れる時に、その石と一緒に、クラッシャーの中へ嵌《はま》りました。

仲間の人たちは、助け出そうとしましたけれど、水の中へ溺《おぼ》れるように、石の下へ私の恋人は沈んで行きました。そして、石と恋人の体とは砕け合って、赤い細い石になって、ベルトの上へ落ちました。ベルトは粉砕筒へ入って行きました。そこで鋼鉄の弾丸と一緒になって、細く細く、はげしい音に呪《のろい》の声を叫びながら、砕かれました。そうして焼かれて、立派にセメントになりました。

骨も、肉も、魂も、粉々になりました。私の恋人の一切はセメントになってしまいました。残ったものはこの仕事着のボロ許《ばか》りです。私は恋人を入れる袋を縫っています。

私の恋人はセメントになりました。私はその次の日、この手紙を書いて此樽《この》の中へ、そうっと仕舞い込みました。

あなたは労働者ですか、あなたが労働者だったら、私を可哀相だと思って、お返事下さい。

此樽の中のセメントは何に使われましたでしょうか、私はそれが知りとう御座います。

私の恋人は幾樽のセメントになったでしょうか、そしてどんなに方々へ使われるのでしょうか。あなたは佐官屋さんですか、それとも建築屋さんですか。

私は私の恋人が、劇場の廊下になったり、大きな邸宅の塀になったりするのを見るに忍びません。ですけれど、それをどうして私に止めることができましょう！　あなたが、若《も》し労働者だったら、此セメントを、そんな処《ところ》に使わないで下さい。

いいえ、ようございます、どんな処にでも使って下さい。私の恋人は、どんな処に埋められても、その処々によってきっといい事をします。構いませんわ、あの人は気象の確《しっか》りした人でしたから、きっとそれ相当な働きをしますわ。

あの人は優しい、いい人でしたわ。そして確《しっか》りした男らしい人でしたわ。未《ま》だ若うございました。二十六になった許りでした。あの人はどんなに私を可愛がって呉《く》れたか知れませんでした。それだのに、私はあの人に経帷子《きょうかたびら》*を着せる代りに、セメント袋を着せているのですわ！　あの人は棺に入らないで回転窯の中へ入ってしまいましたわ。

私はどうして、あの人を送って行きましょう。あの人は西へも東へも、遠くにも近くにも葬られているのですもの。

あなたが、若し労働者だったら、私にお返事を下さいね。その代り、私の恋人の着ていた仕事着の裂《きれ》を、あなたに上げます。この手紙を包んであるのがそうなのですよ。この裂《きれ》には石の粉と、あの人の汗とが浸《し》み込んでいるのですよ。あの人が、この裂《きれ》の仕事着で、どんなに固く私を抱いて呉れたことでしょう。

お願いですからね、此セメントを使った月日と、それから委《くわ》しい所書《ところがき》と、どんな場所へ使ったかと、それにあなたのお名前も、御迷惑でなかったら、是非是非お知らせ下さいね。あなたも御用心なさいませ。さようなら。

松戸与三は、湧きかえるような、子供たちの騒ぎを身の廻りに覚えた。

彼は手紙の終りにある住所と名前とを見ながら、茶碗《ちゃわん》に注いであった酒をぐっと

「へべれけに酔っ払いてえなあ。そうして何もかも打ち壊して見てえなあ」と呶鳴《どな》った。

一息に呷《あお》った。

「へべれけになって暴れられて堪《たま》るもんですか、子供たちをどうします」

細君がそう云った。

彼は、細君の大きな腹の中に七人目の子供を見た。

（一九二五、一二、四）

——「文芸戦線」大正十五年一月

淫売婦《いんばいふ》

此作は、名古屋刑務所長、佐藤乙二氏の、好意によって産れ得たことを附記す。

――一九二三、七、六――

一

若《も》し私が、次に書きつけて行くようなことを、誰かから、「それは事実かい、それとも幻想かい、一体どっちなんだい？」と訊《たず》ねられるとしても、私はその中《うち》のどちらだとも云い切る訳に行かない。私は自分でも此《この》問題、此事件を、十年の間と云うもの、或時《あるとき》はフト「俺も怖《おそろ》しいことの体験者だなあ」と思ったり、又或時は「だが、此《この》事はほんの俺の幻想に過ぎないんじゃないか、ただそんな風な気がすると云う丈《だ》けのことじゃないか、でなけりゃ……」とこんな風に、私にもそれがどっちだか分らずに、この妙な思い出は益々《ますます》濃厚に精細に、私の一部に彫りつけられる。然《しか》しだ、私は言い訳をするんじゃないが、世の中には迚《とて》も筆では書けないような不思議なことが、筆で書けることよりも、余っ程多いもんだ。たとえば、人間の一人一人が、誰にも言わず、書かずに、どの位多くの秘密な奇怪な出来事を、胸に抱いたまま、或《あるい》は忘れたまま、今までにどの位死んだことだろう。現に私だって今ここに書こうとすることよりも百倍も不思議な、あり得べからざる「事」に数多く出会っている。そしてその事等《など》の方が遥《はるか》に面白くもあるし、又「何か」を含んでいるんだが、どうも、いくら踏ん張ってもそれが書けないんだ。検閲が通らないだろうなどと云うことは、てんで問題にしないでいても自分で秘密にさえ書けないんだから仕方がない。

だが下らない前置を長ったらしくやったものだ。

私は未《ま》だ極道な青年だった。船員が極《きま》り切って着ている、続きの菜っ葉服が、矢っ張り私の唯一の衣類であった。

私は半月余り前、フランテン*の欧洲《おうしゅう》航路を終えて帰った許《ばか》りの所だった。船は、ドックに入っていた。

私は大分飲んでいた。時は蒸し暑くて、埃《ほこり》っぽい七月下旬の夕方、そうだ一九一二年頃だったと覚えている。読者よ！　予審調書じゃないんだから、余り突っ込まないで下さい。

そのムンムンする蒸し暑い、プラタナスの散歩道を、私は歩いていた。何しろ横浜のメリケン波戸場の事だから、些《いささ》か恰好《かっこう》の異った人間たちが、沢山《たくさん》、気取ってブラついていた。私はその時、私がどんな階級に属しているか、民平——これは私の仇名《あだな》なんだが――それは失礼じゃないか、などと云うことはすっかり忘れて歩いていた。

流石《さすが》は外国人だ、見るのも気持のいいようなスッキリした服を着て、沢山歩いたり、どうしても、どんなに私が自惚《うぬぼ》れて見ても、勇気を振い起して見ても、寄りつける訳のものじゃない処《ところ》の日本の娘さんたちの、見事な――一口に云えば、ショウウインドウの内部のような散歩道を、私は一緒になって、悠然と、続きの菜っ葉服を見て貰《もら》いたいためでもあるように、頭を上げて、手をポケットで、いや、お恥《はずか》しい話だ、私はブラブラ歩いて行った。

ところで、此《この》時私が、自分と云うものをハッキリ意識していたらば、ワザワザ私は道化役者になりゃしない。私は確《たし》かに「何か」考えてはいたらしいが、その考えの題目となっていたものは、よし、その時私がハッと気がついて「俺はたった今まで、一体何を考えていたんだ」と考えて見ても、もう思い出せなかった程《ほど》の、つまりは飛行中のプロペラのような「速い思い」だったのだろう。だが、私はその時「ハッ」とも思わなかったらしい。

客観的には憎ったらしい程図々《ずうずう》しく、しっかりとした足どりで、歩いたらしい。しかも一つ処を幾度も幾度もサロンデッキ*を逍遥《しょうよう》する一等船客のように往復したらしい。

電灯がついた。そして稍々《やや》暗くなった。

一方が公園で、一方が南京町になっている単線電車通りの丁字路の処《ところ》まで私は来た。若し、ここで私をひどく驚かした者が無かったなら、私はそこが丁字路の角だったことなどには、勿論《もちろん》気がつかなかっただろう。処が、私の、今の今まで「此世《この》の中で俺の相手になんぞなりそうな奴は、一人だっていやしないや」と云う私の観念を打ち破って、私を出し抜けに相手にする奴があった。「オイ、若けえの」と、一人の男が一体どこから飛び出したのか、危く打《ぶ》つかりそうになるほどの近くに突っ立って、押し殺すような小さな声で呻《うめ》くように云った。

「ピー、カンカン*か」

私はポカンとそこへつっ立っていた。私は余り出し抜けなので、その男の顔を穴のあく程見つめていた。その男は小さな、蛞蝓《なめくじ》のような顔をしていた。私はその男が何を私にしようとしているのか分らなかった。どう見たってそいつは女じゃないんだから。

「何だい」と私は急に怒鳴った。すると、私の声と同時に、給仕でも飛んで出て来るように、二人の男が飛んで出て来て私の両手を確《しっか》りと摑《つか》んだ。「相手は二人だな」と、何と云うことなしに私は考えた。——こいつあ少々面倒だわい。どいつから先に蹴《け》っ飛ばすか、うまく立ち廻《まわ》らんと、この勝負は俺の負けになるぞ、作戦計画を立ってからやれ、いいか民平！——私は据えられたように立って考えていた。

「オイ、若えの、お前は若え者がするだけの楽しみを、二分で買う気はねえかい」

蛞蝓は一足下りながら、そう云った。

「一体何だってんだ、お前たちは。第一何が何だかさっぱり話が分らねえじゃねえか、人に話をもちかける時にゃ、相手が返事の出来るような物の言い方をするもんだ。喧嘩《けんか》なら喧嘩、泥棒なら泥棒とな」

「そりゃ分らねえ、分らねえ筈《はず》だ、未だ事が持ち上らねえからな、だが二分は持ってるだろうな」

私はポケットからありったけの金を攫《つか》み出して見せた。

もうこれ以上飲めないと思って、バーを切り上げて来たんだから、銀銅貨取り混ぜて七八十銭もあっただろう。

「うん、余る位だ。ホラ電車賃だ」

そこで私は、十銭銀貨一つだけ残して、すっかり捲《ま》き上げられた。

「どうだい、行くかい」蛞蝓は訊《き》いた。

「見料を払ったじゃねえか」と私は答えた。私の右腕を掴んでた男が「こっちだ」と云いながら先へ立った。

私は十分警戒した。こいつ等三人で、五十銭やそこらの見料で一体何を私に見せようとするんだろう。然《しか》も奴等は前払で取っているんだ。若《も》し私がお芽出度《めでた》く、ほんとに何かが見られるなどと思うんなら、目と目とから火花を見るかも知れない。私は蛞蝓に会う前から、私の知らない間から、――こいつ等は俺を附けて来たんじゃないかな――

だが、私は、用心するしないに拘《かかわ》らず、当然、支払っただけの金額に値するだけのものは見得ることになった。私の目から火も出なかった。二人は南京街の方へと入って行った。日本が外国と貿易を始めると直ぐ建てられたらしい、古い煉瓦《れんが》建の家が並んでいた。ホンコンやカルカッタ辺の支那《しな》人街と同じ空気が此処《ここ》にも溢《あふ》れていた。一体に、それは住居だか倉庫だか分らないような建て方であった。二人は幾つかの角を曲った挙句、十字路から一軒置いて――この一軒も人が住んでるんだか住んでいないんだか分らない家――の隣へ入った。方角や歩数等から考えると、私が、汚れた孔雀《くじやく》のような恰好で散歩していた、先刻の海岸通りの裏辺りに当るように思えた。

私たちの入った門は半分丈《だ》けは錆《さ》びついてしまって、半分だけが、丁度一人だけ通れるように開いていた。門を入るとすぐそこには塵埃が山のように積んであった。門の外から持ち込んだものだか、門内のどこからか持って来たものだか分らなかった。塵《ちり》の下には、塵箱が壊れたまま、へしゃげて置かれてあった。が上の方は裸の埃であった。それに私は門を入る途端にフト感じたんだが、この門には、この門がその家の門であると云う、大切な相手の家がなかった。塵の積んである二坪ばかりの空地から、三本の坑道のような路地が走っていた。

一本は真正面に、今一本は真左へ、どちらも表通りと裏通りとの関係の、裏路《みち》の役目を勤めているのであったが、今一つの道は、真右へ五間ばかり走って、それから四十五度の角度で、どこの表通りにも関りのない、金庫のような感じのする建物へ、こっそりと壁にくっついた蝙蝠《こうもり》のように、斜《ななめ》に密着していた。これが昼間見たのだったら何の不思議もなくて倉庫につけられた非常階段だと思えるだろうし、又それほどにまで気を留めないんだろうが、何しろ、私は胸へピッタリ、メスの腹でも当てられたような戦慄《せんりつ》を感じた。

私は予感があった。この歪《ゆが》んだ階段を昇ると、倉庫の中へ入る。入ったが最後どうしても出られないような装置になっていて、そして、そこは、支那を本場とする六神丸《ろくしんがん》*の製造工場になっている。てっきり私は六神丸の原料としてそこで生き胆《ぎも》を取られるんだ。

私はどこからか、その建物へ動力線が引き込まれてはいないかと、上を眺めた。多分死なない程度の電流をかけて置いて、ビクビクしてる生き胆を取るんだろう。でないと出来上った六神丸の効き目が尠《すくな》いだろうから、だが、――私はその階段を昇りながら考えつづけた——起死回生の霊薬なる六神丸が、その製造の当初に於《おい》て、その存在の最大にして且《か》つ、唯一の理由なる生命の回復、或《あるい》は持続を、平然と裏切って、却《かえ》って之《これ》を殺戮《さつりく》することによってのみ成り立ち得る。とするならば、「六神丸それ自体は一体何に似てるんだ」そして「何のためにそれが必要なんだ」それは恰《あたか》も今の社会組織そっくりじゃないか。ブルジョアの生きるために、プロレタリアの生命の奪われることが必要なのとすっかり同じじゃないか。

だが、私たちは舞台へ登場した。

二

そこは妙な部屋であった。鰮《いわし》の缶詰の内部のような感じのする部屋であった。低い天井と床板と、四方の壁とより外には何にも無いようなガランとした、湿っぽくて、黴《かび》臭い部屋であった。室の真中からたった一つの電灯が、落葉が蜘蛛《くも》の網にでもひっかかったようにボンヤリ下って、灯《とも》っていた。リノリュームが膏薬《こうやく》のように床板の上へ所々へ貼りついていた。テーブルも椅子もなかった。恐しく蒸し暑くて体中が悪い腫物《はれもの》ででもあるかのように、ジクジクと汗が滲《にじ》み出したが、何となくどこか寒いような気持があった。それに黴の臭いの外に、胸の悪くなる特殊の臭気が、間歇《かんけつ》的に鼻を衝《つ》いた。その臭気には靄《もや》のように影があるように思われた。

畳にしたら百枚も敷けるだろう室は、五燭《ごしょく》らしいランプの光では、監房の中よりも暗かった。私は入口に佇《たたず》んでいたが、やがて眼が闇に馴《な》れて来た。何にもないようにおもっていた室の一隅に、何かの一固りがあった。それが、ビール箱の蓋《ふた》か何かに支えられて、立っているように見えた。その蓋から一方へ向けてそれで蔽《おお》い切れない部分が二三尺はみ出しているようであった。だが、どうもハッキリ分らなかった。何しろ可成《かな》り距離はあるんだし、暗くはあるし、けれども私は体中の神経を目に集めて、その一固りを見詰めた。

私は、ブルブル震い始めた、迚《とて》も立っていられなくなった。私は後ろの壁に凭《もた》れてしまった。そして坐《すわ》りたくてならないのを強いて、ガタガタ震える足で突っ張った。眼が益々《ますます》闇に馴れて来たので、蔽いからはみ出しているのが、むき出しの人間の下半身だと云うことが分ったんだ。そしてそれは六神丸の原料を控除した不用な部分なんだ！

私は、そこで自暴自棄な力が湧いて来た。私を連れて来た男をやっつける義務を感じて来た。それが義務であるより以上に必要止むべからざることになって来た。私は上着のポケットの中で、ソーッとシーナイフを握って、傍に突っ立ってるならず者の様子を窺《うかが》った。奴は矢っ張り私を見て居たが突然口を切った。

「あそこへ行って見な。そしてお前の好きなようにしたがいいや、俺はな、ここらで見張っているからな」このならず者はこう云い捨てて、階段を下りて行った。

私はひどく酔っ払ったような気持だった。私の心臓は私よりも慌てていた。ひどく殴りつけられた後のように、頭や、手足の関節が痛かった。

私はそろそろ近づいた。一歩一歩臭気が甚しく鼻を打った。矢っ張りそれは死体だった。そして極めて微《かす》かに吐息が聞えるように思われた。だが、そんな馬鹿なことあない。死体が息を吐くなんて――だがどうも息らしかった。フー、フーと極めて微かに、私は幾度も耳のせいか、神経のせいにして見たが、「死骸《しがい》が溜息《ためいき》をついてる」と、その通りの言葉で私は感じたものだ。と同時に腹ん中の一切の道具が咽《の》喉《ど》へ向って逆流するような感じに捕われた。然し、
然し今はもう総《すべ》てが目の前にあるのだ。

そこには全く残酷な画が描かれてあった。

ビール箱の蓋の蔭《かげ》には、二十二三位の若い婦人が、全身を全裸のまま仰《あお》向《む》きに横たわっていた。彼女は腐った一枚の畳の上にいた。そして吐息は彼女の肩から各々が最後の一滴であるように、搾り出されるのであった。

彼女の肩の辺から、枕の方へかけて、未《ま》だ彼女がいくらか物を食べられる時に嘔《おう》吐《と》したらしい汚物が、黒い血痕《けっこん》と共にグチャグチャに散ばっていた。髪毛がそれで固められていた。それに彼女の××××××××××がねばりついていた。そ

して、頭部の方からは酸敗した悪臭を放っていたし、肢部からは、癌腫《がんしゅ》の持つ特有の悪臭が放散されていた。こんな異様な臭気の中で人間の肺が耐え得るかどうか、と危ぶまれるほどであった。彼女は眼をパッチリと見開いていた。そして、その瞳《ひとみ》は私を見ているようだった。が、それは多分何物をも見てはいなかっただろう。勿《もち》論《ろん》、彼女は、私が、彼女の全裸の前に突っ立っていることも知らなかったらしい。私は婦人の足下の方に立って、此《こ》場の情景に見惚《みと》れていた。私は立ち尽したまま、いつまでも交ることのない、併行した考えで頭の中が一杯になっていた。

哀れな人間がここにいる。

哀れな女がそこにいる。

私の眼は据えつけられた二つのプロジェクター*のように、その死体に投げつけられて、動かなかった。それは死体と云った方が相応《ふさわ》しいのだ。

私は白状する。実に苦しいことだが白状する。――若しこの横《よこた》われるものが、全裸の女でなくて全裸の男だったら、私はそんなにも長く此処に留《とどま》っていたかどうか、そんなにも心の激動を感じたかどうか――

私は何ともかとも云いようのない心持ちで興奮のてっぺんにあった。私は此有様を、「若い者が楽しむこと」として「二分」出して買って見ているのだ。そして「お前の好きなようにしたがいいや」と、あの男は席を外したんだ。

無論、此女《この》に抵抗力がある筈《はず》がない。娼妓《しょうぎ》は法律的に抵抗力を奪われているが、此場合は生理的に奪われているのだ。それに此女だって性慾《せいよく》の満足のためには、屍《し》姦《かん》よりはいいのだ。何と云っても未だ体温を保っているんだからな。それに一番困ったことには、私が船員で、若いと来てるもんだから、いつでもグーグー喉《のど》を鳴らしてるってことだ。だから私は「好きなように」することが出来るんだ。それに又、今まで私と同じようにここに連れて来られた（若い男）は、一人や二人じゃなかっただろう。それが一々×××どうかは分らないが、皆が皆辟易《へきえき》したとも云い切れまい。いや兎角《とかく》此道ではブレーキが利きにくいものだ。

だが、私は同時に、これと併行した外の考え方もしていた。

彼女は熱い鉄板の上に転がった蠟燭《ろうそく》のように瘠《や》せていた。未だ年にすれば沢山ある筈の黒髪は汚物や血で固められて、捨てられた棕梠箒《しゅろぼうき》のようだった。字義通りに彼女は瘠せ衰えて、棒のように見えた。

幼い時から、あらゆる人生の惨苦と戦って来た一人の女性が、労働力の最後の残《ざん》渣《さ》まで売り尽して、愈々《いよいよ》最後に売るべからざる貞操まで売って食いつないで来たのだろう。

彼女は、人を生かすために、人を殺さねば出来ない六神丸のように、又一人も残らずのプロレタリアがそうであるように、自分の胃の腑《ふ》を膨らすために、腕や生殖器や神経までも嚙《か》み取ったのだ。生きるために自滅してしまったんだ。外に方法がないんだ。

彼女もきっとこんなことを考えたことがあるだろう。

「アア私は働きたい。けれども私を使って呉《く》れる人はない。私は工場で余り乾いた空気と、高い温度と綿屑《わたくず》とを吸い込んだから肺病になったんだ。肺病になって働けなくなったから追い出されたんだ。だけど使って呉れる所はない。私が働かなけりゃ年とったお母さんも私と一緒に生きては行けないんだのに」そこで彼女は数日間仕事を求めて、街を、工場から工場へと彷徨《さまよ》うたのだろう。それでも彼女は仕事がなかったんだろう。「私は操を売ろう」そこで彼女は、生命力の最後の一滴を涸《か》らしてしまったんではあるまいか。そしてそこでも愈々働けなくなったんだ。で、遂々《とうとう》ここへこんな風にしてもう生きる希望さえも捨てて、死を待ってるんだろう。

三

私は彼女が未だ口が利けるだろうか、どうだろうかが知りたくなった。恥しい話だが、私は、「お前さんは未だ生きていたいかい」と聞いて見る慾望《よくぼう》をどうにも抑えきれなくなった。云いかえれば、人間はこんな状態になった時、一体どんな考えを持つもんだろう、と云うことが知りたかったんだ。

私は思い切って、女の方へズッと近寄ってその足下の方へしゃがんだ。その間も絶えず彼女の目と体とから私は目を離さなかった。と、彼女の眼も矢っ張り私の動くのに連れて動いた。私は驚いた。そして馬鹿馬鹿しいことだが真赤になった。私は一応考えた上、彼女の眼が私の動作に連れて動いたのは、ただ私がそう感じた丈《だ》けなんだろう、と思って、よく医師が臨終の人にするように彼女の眼の上で私は手を振って見た。

彼女は瞬《まばたき》をした。彼女は見ていたのだ。そして呼吸も可成《かな》り整っているのだった。

私は彼女の足下近くへ、急に体から力が抜け出したように感じたので、しゃがんだ。

「あまりひどいことをしないでね」と、女はものを言った。その声は力なく、途切れ途切れではあったが、臨終の声と云うほどでもなかった。彼女の眼は「何でもいいからそうっとしといて頂戴《ちょうだい》ね」と言ってるようだった。

私は義憤を感じた。こんな状態の女を搾取材料にしている三人の蛞蝓《なめくじ》共を、「叩《たた》き壊してやろう」と決心した。

「誰かがひどくしたのかね。誰かに苛《いじ》められたの」私は入口の方をチョッと見やりながら訊《き》いた。

もう戸外はすっかり真っ暗になってしまった。此《この》だだっ広い押しつぶしたような室《へや》は、いぶったランプのホヤのようだった。

「いつ頃から君はここで、こんな風にしているの」私は努めて、平然としようと骨折りながら訊いた。彼女は今、私が足下の方に踞《うずくま》ったので、私の方を見ることを止めて上の方に眼を向けていた。

私は、私の眼の行方を彼女に見られることを非常に怖れた。私は実際、正直の所其《その》時、英雄的な、人道的な、一人の禁欲的な青年であった。全く身も心もそれに相違なかった。だから、私は彼女に、私が全《まる》で焼けつくような眼で彼女の××を見ていると云うことを、知られたくなかったのだ。眼だけを何故私は征服することが出来なかっただろうか。

若《も》し彼女が私の眼を見ようものなら、「この人もやっぱり外の男と同じだわ」と思うに違いないだろう。そうすれば、今の私のヒロイック*な、人道的な行為と理性とは、一度に脆《もろ》く切って落されるだろう、私は恐れた。恥じた。

――俺はこの女に対して性慾的などんな些細《ささい》な興奮だって惹《ひ》き起されていないんだ。そんな事を考える丈けでも間違ってるんだ。それは見てる。見てるには見てるが、それが何だ。――私は自分で自分に言い訳をしていた。

彼女が女性である以上、私が衝動を受けることは勿論あり得る。だが、それはこんな場合であってはならない。この女は骨と皮だけになっている。そして永久に休息しようとしている。この哀れな私の同胞に対して、今まで此室《このへや》に入って来た者共が、どんな残忍なことをしたか、どんな陋劣《ろうれつ》な恥ずべき行《おこない》をしたか、それを聞こうとした。そしてそれ等の振舞が呪わるべきであることを語って、私は自分の善良なる性質を示して彼女に誇りたかった。

彼女はやがて小さな声で答えた。

「私から何か種々《いろいろ》の事が聞きたいの？　私は今話すのが苦しいんだけれど、もしあんたが外の事をしないのなら、少し位話して上げてもいいわ」

私は真赤になった。畜生！　奴は根こそぎ俺を見抜いてしまやがった。再び私の体中を熱い戦慄《せんりつ》が駈け抜けた。

彼女に話させて私は一体どんなことを知りたかったんだろう。もう分り切ってるじゃないか、それによし分らないことがあったにした所で、苦しく喘《あえ》ぐ彼女の声を聞いて、それでどうなると云うんだ。

だが、私は彼女を救い出そうと決心した。

然《しか》し救うと云うことが、出来るだろうか？　人を救うためには×××が唯一の手段じゃないか、自分の力で捧《ささ》げ切れない重い物を持ち上げて、再び落した時はそれが愈々壊れることになるのではないか。

だが、何でもかでも、私は遂々《とうとう》女から、十言許《ばか》り聞くような運命になった。

四

先刻私を案内して来た男が入口の処《ところ》へ静《しずか》に、影のように現れた。そして手真似で、もう時間だぜ、と云った。

私は慌てた。男が私の話を聞くことの出来る距離へ近づいたら、もう私は彼女の運命に少しでも役に立つような働《はたらき》が出来なくなるであろう。

「僕は君の頼みはどんなことでも為《し》よう。君の今一番して欲しいことは何だい」と私は訊いた。

「私の頼みたいことはね。このままそうっとしといて呉れることだけよ。その他のことは何にも欲しくはないの」

悲劇の主人公は、私の予想を裏切った。

私はたとえば、彼女が三人のごろつきの手から遁《に》げられるように、であるとか、又はすぐ警察へ、とでも云うだろうと期待していた。そしてそれが彼女の望み少い生命にとっての最後の試みであるだろうと思っていた。一筋の藁《わら》だと思っていた。

可哀相に此女は不幸の重荷でへしつぶされてしまったんだ。もう希望を持つことさえ怖しくなったんだろう。と私は思った。

世の中の総《すべ》てを呪ってるんだ。皆で寄ってたかって彼女を今日の深淵《しんえん》に追い込んでしまったんだ。だから僕にも信頼しないんだ。こんな絶望があるだろうか。「だけど、このまま、そんな事をしていれば、君の命はありゃしないよ。だから医者へ行くとか、お前の家へ連れて行くとか、そんな風な大切なことを訊いてるんだよ」

女はそれに対してこう答えた。

「そりゃ病院の特等室か、どこかの海岸の別荘の方がいいに決ってるわ」

「だからさ。それがここを抜け出せないから……」

「オイ！　此女《この》は全裸だぜ。え、オイ、そして肺病がもう迚《とて》も悪いんだぜ。僅《わず》か二分やそこらの金でそういつまで楽しむって訳にゃ行かねえぜ」

いつの間にか蛞蝓の仲間は、私の側へ来て蔭《かげ》のように立っていて、こう私の耳へ囁《ささや》いた。

「貴様たちが丸裸にしたんだろう。この犬野郎！」

私は叫びながら飛びついた。

「待て」とその男は呻《うめ》くように云って、私の両手を握った。私はその手を振り切って、奴の横っ面を殴った。だが私の手が奴の横っ面へ届かない先に私の耳がガーンと鳴った、私はヨロヨロした。

「ヨシ、ごろつき奴《め》、死ぬまでやってやる」私はこう怒鳴ると共に、今度は固めた拳骨《げんこつ》で体ごと奴の鼻っ柱を下から上へ向って、小突き上げた。私は同時に頭をやられたが、然し今度は私の襲撃が成功した。相手は鼻血をダラダラ垂らしてそこへうずくまってしまった。

私は洗ったように汗まみれになった。そして息切れがした。けれども事件がここまで進展して来た以上、後の二人の来ない中《うち》に女を抱いてでも逃れるより外に仕様がなかった。

「サア、早く遁げよう！　そして病院へ行かなけりゃ」私は彼女に言った。

「小僧さん、お前は馬鹿だね。その人を殺したんじゃあるまいね。その人は外の二三人の人と一緒に私を今まで養って呉《く》れたんだよ、困ったわね」

彼女は二人の闘争に興奮して、眼に涙さえ泛《うか》べていた。

私は何が何だか分らなかった。

「何殺すもんか、だが何だって？　此男がお前を今まで養ったんだって」

「そうだよ。長いこと私を養って呉れたんだよ」

「お前の肉の代償にか、馬鹿な！」

「小僧さん。此人たちは私を汚しはしなかったよ。お前さんも、も少し年をとると分って来るんだよ」

私はヒーローから、一度に道化役者に落ちぶれてしまった。此哀れむべき婦人を最後の一滴まで搾取した、三人のごろつき共は、女と共にすっかり謎になってしまった。

一体こいつ等はどんな星の下に生れて、どんな廻《めぐ》り合せになっているのだ。だが、私は此事《この》実を一人で自分の好きなように勝手に作り上げてしまっていたのだろうか。

倒れていた男はのろのろと起き上った。

「青二才奴！　よくもやりやがったな。サア今度は覚悟を決めて来い」

「オイ、兄弟俺はお前と喧嘩《けんか》する気はないよ。俺は思い違いをしていたんだ。悪かったよ」

「何だ！　思い違いだと。糞《くそ》面白くもねえ。何を思い違えたんだい」

「お前等三人は俺を威《おど》かしてここへ連れて来ただろう。そしてこんな女を俺に見せただろう。お前たちは此女を玩具《おもちゃ》にした挙句、未《ま》だこの女から搾ろうとしてるんだと思ったんだ。死ぬが死ぬまで搾る太い奴等だと思ったんだ」

「まあいいや。それは思い違いと言うもんだ」と、その男は風船玉の萎《しぼ》む時のように、張りを弛《ゆる》めた。

「だが、何だってお前たちは、この女を素裸でこんな所に転がしとくんだい。それに又何だって見世物になんぞするんだい」と云い度《た》かった。奴等は女の言う所に依《よ》れば、悪いんじゃないんだが、それにしてもこんな事は明《あきらか》に必要以上のことだ。

――こいつ等は一体いつまでこんなことを続けるんだろう――と私は思った。

私はいくらか自省する余裕が出来て来た。すると非常に熱さを感じ始めた。吐く息が、そのまま固まりになってすぐ次の息に吸い込まれるような、胸の悪い蒸し暑さであった。嘔吐《おうと》物の臭気と、癌腫《がんしゅ》らしい分泌物との臭気は相変らず鼻を衝《つ》いた。体がいやにだるくて堪えられなかった。私は今までの異常な出来事に心を使いすぎたのだろう。何だか口をきくのも、此上何やかを見聞きするのも億劫《おっくう》になって来た。どこにでも横になってグッスリ眠りたくなった。

「どれ、兎《と》に角《かく》、帰ることにしようか、オイ、俺はもう帰るぜ」

私は、いつの間にか女の足下の方へ腰を、下していたことを忌々《いまいま》しく感じながら、立ち上った。

「おめえたちゃ、皆、ここに一緒に棲《す》んでいるのかい」

私は半分扉の外に出ながら振りかえって訊《き》いた。

「そうよ。ここがおいらの根城なんだからな」男が、ブッキラ棒に答えた。

私はそのまま階段を降《くだ》って街へ出た。門の所で今出て来た所を振りかえって見た。階段はそこからは見えなかった。そこには、監獄の高い煉瓦《れんが》塀のような感じのする、倉庫が背を向けてる丈《だ》けであった。そんな所へ人の出入りがあろうなどと云うことは考えられない程、寂れ果て、頽廃《たいはい》し切って、見ただけで、人は黴《かび》の臭を感じさせられる位だった。

私は通りへ出ると、口笛を吹きながら、傍目も振らずに歩き出した。

私はボーレンへ向いて歩きながら、一人で青くなったり赤くなったりした。

五

私はボーレンで金を借りた。そして又外人相手のバーで――外人より入れない淫《いん》売屋《ばい》で――又飲んだ。

夜の十二時過ぎ、私は公園を横切って歩いていた。アークライトが緑の茂みを打ち抜いて、複雑な模様を地上に織っていた。ビールの汗で、私は湿ったオブラートに包まれたようにベトベトしていた。

私はとりとめもないことを旋風器のように考え飛ばしていた。

――俺は飢えていたじゃないか。そして興奮したじゃないか、だが俺は打克《うちか》った。フン、立派なもんだ。民平、だが、俺は危くキャピタリスト見たよな考え方をしようとしていたよ。俺が何も此女《この》をこんな風にした訳じゃないんだ。だからとな。だが俺は強かったんだ。だが弱かったんだ。ヘン、どっちだっていいや。兎に角俺は成功しないぜ。鼻の先にブラ下った餌を食わないようじゃな。俺は紳士じゃないじゃないか。紳士だってやるのに、俺が遠慮するって法はねえぜ。待て、だが俺は遠慮深いので紳士になれねえのかも知れねえぜ。まあいいや——

　私は又、例の場所へ吸いつけられた。それは同じ夜の真夜中であった。鉄のボートで出来た門は閉っていた。それは然《しか》し押せばすぐ開いた。私は階段を昇った。扉へ手をかけた。そして引いた。が開かなかった。畜生！　慌てちゃった。こっちへ開いたら、俺は下の敷石へ突き落されちまうじゃないか。私は押した。少し開きかけたので力を緩めると、又元のように閉ってしまった。

「オヤッ」と私は思った。誰か張番してるんだな。

「オイ、俺だ。開けて呉れ」私は扉へ口をつけて小さい声で囁いた。けれども扉は開かれなかった。今度は力一杯押して見たが、ビクともしなかった。

「畜生！　かけがねを入れやがった」私は唾《つば》を吐いて、そのまま階段を下りて門を出た。

　私の足が一足門の外へ出て、一足が内側に残っている時に私の肩を叩《たた》いたものがあった。私は飛び上った。

「ビックリしなくてもいいよ。俺だよ。どうだったい。面白かったかい。楽しめたかい」そこには蛞蝓《なめくじ》が立っていた。

「あの女がお前等のために、ああなったんだったら、手前等《てめえら》は半死になるんだったんだ」

私は熱くなってこう答えた。

「じゃあ何かい。あの女が誰のためにあんな目にあったのか知りたいのかい。知りたきゃ教えてやってもいいよ。そりゃ金持ちと云う奴さ。分ったかい」

蛞蝓はそう云って憐《あわ》れむような眼で私を見た。

「どうだい。も一度行かないか」

「今行ったが開かなかったのさ」

「そうだろう、俺が閂《かんぬき》を下したからな」

「お前が！　そしてお前はどこから出て来たんだ」

私は驚いた。あの室には出入口は外には無い筈《はず》だった。

「驚くことはないさ。お前の下りた階段をお前の一つ後から一足ずつ降りて来たまでの話さ」

此《この》蛞蝓野郎、又何か計画してやがるわい。と私は考えた。幽霊じゃあるまいし、私の一足後ろを、いくらそうっと下りたにしたところで、音のしない訳がないからだ。

私はもう一度彼女を訪問する「必要」はなかった。私は一円だけ未だ残して持っていたが、その一円で再び彼女を「買う」と云うことは、私には出来ないことであった。だが、私は「たった五分間」彼女の見舞に行くのはいいだろうと考えた。何故だかも一度私は彼女に会い度かった。

私は階段を昇った。蛞蝓は附いて来た。

私は扉を押した。なるほど今度は訳なく開いた。一足室の中に踏み込むと、同時に、悪臭と、暑い重たい空気とが以前通りに立ちこめていた。

どう云う訳だか分らないが、今度は此部屋の様子が全《まる》で変ってるであろうと、私は一人で固く決め込んでいたのだが、私の感じは当っていなかった。

何もかも元の通りだった。ビール箱の蔭《かげ》には女が寝ていたし、その外には私と、蛞蝓と二人っ切りであった。

「さっきのお前の相棒はどこへ行ったい」

「皆家へ帰ったよ」

「何だ！　皆ここに棲んでるってのは嘘なのかい」

「そうすることもあるだろう」

「それじゃ、あの女とお前たちはどんな関係だ」遂々《とうとう》私は切り出した。

「あの女は俺達の友達だ」

「じゃあ何だって、友達を素っ裸にして、病人に薬もやらないで、おまけに未だ其《その》上見ず知らずの男にあの女を玩具にさすんだ」

「俺達はそうしたい訳じゃないんだ、だがそうしなけりゃあの女は薬も飲めないし、卵も食えなくなるんだ」

「え、それじゃ女は薬を飲んでるのか、然し、おい、誤魔化《ごまか》しちゃいけねえぜ。薬を飲ませて裸にしといちゃ差引零じゃないか、卵を食べさせて男に蹂躙《じゅうりん》されりゃ、差引欠損になるじゃないか。そんな理屈に合わん法があるもんかい」

「それがどうにもならないんだ。病気なのはあの女ばかりじゃないんだ。皆が病気なんだ。そして皆が搾られた渣《かす》なんだ。俺達ぁみんな働きすぎたんだ。俺達ぁ食うために働いたんだが、その働きは大急ぎで自分の命を磨《す》り減《へら》しちゃったんだ。あの女は肺結核の子宮癌で、俺は御覧の通りのヨロケさ」

「だから此女《この》に淫売をさせて、お前達が皆で食ってるって云うのか」

「此女に淫売をさせはしないよ。そんなことを為《す》る奴もあるが、俺の方ではチャンと見張りしていて、そんな奴ぁ放り出してしまうんだ。それにそう無暗《むやみ》に連れて来るって訳でもないんだ。俺は、お前が菜っ葉を着て、*ブル達の間を全で大臣のような顔をして、恥しがりもしないで歩いていたから、跗《つ》けて行ったのさ、誰にでも打《ぶ》っつかったら、それこそ一度で取っ捕まっちまわあな」

「お前はどう思う。俺たちが何故死んじまわないんだろうと不思議に思うだろうな。穴倉の中で蛆虫《うじむし》みたいに生きているのは詰らないと思うだろう。全く詰らない骨頂さ、だがね、生きてると何か役に立てないこともあるまい。いつか何かの折があるだろう、と云う空頼みが俺たちを引っ張っているんだよ」

私は全《まる》っ切り誤解していたんだ。そして私は何と云う恥知らずだったろう。

私はビール箱の衝立《ついた》ての向うへ行った。そこに彼女は以前のようにして臥《ね》ていた。

今は彼女の体の上には浴衣《ゆかた》がかけてあった。彼女は眠ってるのだろう。眼を閉じていた。

私は淫売婦の代りに殉教者を見た。

彼女は、被搾取階級の一切の運命を象徴しているように見えた。

私は眼に涙が一杯溜《たま》った。私は音のしないようにソーッと歩いて、扉の所に立っていた蛞蝓へ、一円渡した。渡す時に私は蛞蝓の萎《しな》びた手を力一杯握りしめた。

そして表へ出た。階段の第一段を下るとき、溜っていた涙が私の眼から、ポトリとこぼれた。

（一九二三、七、一〇、千種監獄にて）

――「文芸戦線」大正十四年十一月

労働者の居ない船

こう云う船だった。

北海道から、横浜へ向って航行する時は、金華山の灯台は、どうしたって右舷《うげん》に見なければならない。

第三金時丸——強そうな名前だ——は、三十分前に、金華山の灯台を右に見て通った。

海は中どころだった。凪《な》いでると云うんでもないし、暴化《しけ》てる訳でもなかった。

三十分後に第三金時丸の舵手《コーターマスター》は、左に灯台を見た。

コンパス*は、南西《サウスウエスト》を指していた。ところが、そんな処《ところ》に、島はない筈《はず》であった。

コーターマスターは、メーツ*に、「どうもおかしい」旨を告げた。

メーツは、ブリッジ*で、涼風に吹かれながら、ソファーに眠っていたが、起き上って来て、

「どうしたんだ」

「左舷に灯台が見えますが」

「又、一時間損をしたな」と、メーツは答えて、コンパスを力一杯、蹴飛《けと》ばした。

コンパスは、グルッと廻《まわ》って、北東《ノースイースト》を指した。

第三金時丸は、こうして時々、千本桜の軍内*のように、「行きつ戻りつ」するのであった。コンパスが傷んでいたんだ。

又、彼女が、ドックに入ることがある。セイラーは、カンカン・ハマー*で、彼女の垢《あか》にまみれた胴の掃除をする。

あんまり強く、按摩《あんま》をすると、彼女の胴体には穴が明くのであった。それほど、彼女の皮膚は腐っていたのだ。

だが、世界中の「正義なる国家」が聯盟《れんめい》して、ただ一つの「不正なる軍国主義的国家」を、やっつけている、船舶好況時代であったから、彼女は立ち上ったのだった。

彼女は、資本主義のアルコールで元気をつけて歩き出した。

こんな風だったから、瀬戸内海などを航行する時、後ろから追い抜こうとする旅客船や、前方から来る汽船や、帆船など、第三金時丸を見ると、厄病神にでも出会ったように、慄《ふる》え上ってしまった。

彼女は全く酔っ払いだった。彼女の、コンパスは酔眼朦朧《もうろう》たるものであり、彼女の足は蹌々踉々《そうそうろうろう》として、天下の大道を横行闊歩《かつぽ》したのだ。

素面《しらふ》の者は、質《たち》の悪い酔っ払いには相手になっていられない。皆が除《よ》けて通るのであった。

彼女は、瀬戸内海を傍若無人に通り抜けた。——尤《もつと》も、コーターマスター達は、神経衰弱になるほど骨を折った。ギアー（舵器《だき》）を廻してから三十分もして方向が利いて来ると云うのだから、瀬戸中《うち》で打《ぶ》つからなかったのは、奇蹟《きせき》だと云ってもよかった。——

彼女は三池港で、船艙《せんそう》一杯に石炭を積んだ。行く先はマニラだった。

船長、機関長、を初めとして、水夫長《ボースン》、火夫長《ナンバン》、から、便所掃除人《ドバス》、石炭運び《コロッパス》、に至るまで、彼女はその最後の活動を試みるためには、外の船と同様にそれ等の役者を、必要とするのであった。

金持の淫乱《いんらん》な婆さんが、特に勝《すぐ》れて強壮な若い男を必要とするように、第三金時丸も、特に勝れて強い、労働者を必要とした。

そして、そのどちらも、それを獲《と》ることが能《で》きた。

だが、第三金時丸なり、又は淫乱婆《ばば》としては、それは必要欠くべからざる事では、あっただろうが、何だってそれに雇われねばならないんだろう。

いくら資本主義の統治下にあって、鰹節《かつおぶし》のような役目を勤める、プロレタリアであったにしても、職業を選択する権利丈《だ》けは与えられているじゃないか。待って呉《く》れ！　お前は、「そりゃ表面のこった、そんなもんじゃないや、坊ちゃん奴《め》」と云おうとしている。分った。

職業を選択している間に「機会」は去ってしまうんだ。「選択」してる内に、外の仲間が、それにありつくんだ。そして選択してる内には自分で自分の胃の腑《ふ》を洗濯してしまうことになるんだ。お前の云う通りだ。

私が予《あらかじ》め読者諸氏に、ことわって置く必要があると云うのは、これから、第三金時丸の、乗組員たちが、たといどんな風になって行くにしても、「第一、そんな船に乗りさえしなければよかったんじゃないか、お天陽様と、米の飯はどこにでもついて、まわるじゃないか」と云われるのが、怖しいためなんだ。

船の高さよりも、水の深さの方が、深い場合には、船のどこかに穴さえ開けば、いつでも沈むことが能きる。軍艦の場合などでは、それをどうして沈めるか、どうして穴を開けるかを、絶えず研究していることは、誰だって知ってることだ。

軍艦とは浮ぶために造られたのか、沈むために造られたのか！　兵隊と云うものは、殺すためにあるものか、殺されるためにあるものか！　それは、一つの国家と、その向う側の国家とで勝手に決める問題だ。

これは、ブルジョアジー*と、プロレタリアート*との間にも通じる。

プロレタリアは「鰹節」だ。とブルジョアジーは考えている。

プロレタリアは、「俺達は人間」だ。「鰹節」じゃない。削って、出汁《だし》にして、食われて失くなってしまわねばならない、なんて法はない。と考える。

国家と国家と戦争して勝負をつけるように、プロレタリアートとブルジョアジーも、戦って片をつける。

その晩に、どちらが正しいかが分るんだ。

だが、第三金時丸は、三千三十噸《トン》の胴中へ石炭を一杯詰め込んだ。

彼女はマニラについた。

室の中の蠅のように、船舶労働者は駆けずり廻って、荷役をした。

彼女は、マニラの生産品を積んで、三池へ向って、帰航の途についた。

水夫の一人が、出帆すると間もなく、ひどく苦しみ始めた。

赤熱しない許《ばか》りに焼けた、鉄デッキ*と、直ぐ側で熔鉱炉《ようこうろ》の蓋《ふた》でも明けられたような、太陽の直射とに、「又当てられた」んだろうと、仲間の者は思った。

水夫たちは、デッキのカンカンをやっていたのだった。

丁度、デッキと同じ大きさの、熱した鉄瓶の尻《しり》と、空気ほどの広さの、赤熱した鉄板と、その間の、×××××そうでもない。何のこたあない、ストーヴの中のカステラ見たいな、熱さには、ヨウリス*だって持たないんだ。

で、水夫たちは、珍らしくもなく、彼を水夫室に担ぎ込んだ。

そして造作もなく、彼の、南京虫だらけの巣へ投《ほう》り込んだ。

一々そんなことに構っちゃいられないんだ。それに、病人は、水の中から摘《つま》み出された ゴム鞠《まり》のように、口と尻とから、夥《おびただ》しく、出した。それは、デッキへ洩《も》れると、直ぐにカラカラに、出来の悪い浅草海苔《のり》のようにコビリついてしまった。

「チェッ、電気ブラン*でも飲んで来やがったんだぜ。間抜け奴！」

「当り前よ。当り前で飲んでて酔える訳はねえや。強い奴を腹ん中へ入れといて、上下から焙《あぶ》りゃこそ、あの位に酔っ払えるんじゃねえか」

「うまくやってやがらあ、奴ぁ、明日は俺達より十倍も元気にならあ」

「何でも構わねえ。たった一日俺もグッスリ眠りてえや」

彼等は足駄を履いて、木片に腰を下して、水の流れる手拭《てぬぐい》を頭に載せて、その上に帽子を被《かぶ》って、そして、団扇《うちわ》太鼓と同じ調子をとりながら、第三金時丸の厚い、腐った、面の皮を引ん剝《む》いた。

錆《さび》のとれた後は、一人の水夫が、コールターと、セメントの混ぜ合せたのを塗って歩いた。

だが、何のために、デッキに手入れをするか？

デッキに手入れをするか？　よりも、第三金時丸に最も大切なことは、そのサイドを修理することではなかったか。錨《いかり》を巻き上げる時、彼女の梅毒にかかった鼻は、いつでも穴があくではないか。その穴には、亜鉛化軟膏《なんこう》に似たセメントが塡《は》められる。

だが、未《ま》だ重要なることはなかったか？

それは、飲料水タンクを修理することだ。

若《も》し、彼女が、長い航海をしようとでも考えるなら、終《しま》いには、船員たちは塩水を飲まなければならない。

何故かって、タンクと海水との間の、彼女のボットム*は、動脈硬化症にかかった患者のように、海水が飲料水の部分に浸透して来るからだった。だから長い間には、タンクの水は些《いささか》も減らない代りに、塩水を飲まねばならなくなるんだ。

セイラーが、乗船する時には、厳密な体格検査がある。が、船が出帆する時には、何にもない。

船のために、又はメーツの使い方のために、労働者たちが、病気になっても、その責任は船にはない。それは全部、「そんな体を持ち合せた労働者が、だらしがない」からだ。

労働者たちは、その船を動かす蒸汽のようなものだ。片っ端から使い「捨て」られる。

暗い、暑い、息詰る、臭い、ムズムズする、悪ガスと、黴菌《ばいきん》に充《み》ちた、水夫室だった。

病人は、彼のベッドから転げ落ちた。

彼は「酔っ払って」いた。

彼の腹の中では、百パーセントのアルコールよりも、「ききめ」のある、コレラ菌が暴れ廻《まわ》っていた。

全速力の汽車が向う向いて走り去るように、彼はズンズン細くなった。

ベッドから、食器棚から、凸凹した床から、そこら中を、のたうち廻った。その後には、蝸牛《かたつむり》が這《は》いまわった後のように、彼の内臓から吐き出された、糊《のり》のような汚物が振り撒《ま》かれた。

彼は、自分から動く火吹き達磨《だるま》のように、のたうちまわった挙句、船首の三角形をした、倉庫へ降りる格子床（グレイチン）の上へ行きついた。そして静かになった。

暗くて、暑くて、不潔な、水夫室は、彼が「静か」になったにも拘《かかわ》らず、何かが、眼に見えない何かが、滅茶《めちゃ》苦茶に暴れまくっていた。

第三金時丸は、貪慾《どんよく》な後家の金貸婆が不当に儲《もう》けたように、しこたま儲けて、その歩みを続けた。

海は、どろどろした青い油のようだった。

風は、地獄からも吹いて来なかった。

デッキでは、セーラーたちが、エンジンでは、ファイヤマン*たちが、それぞれ拷問にかかっていた。

水夫室の病人は、時々眼を開いた。彼の眼は、全《まる》で外を見ることが能《で》きなくなっていた。彼は、瞑《つぶ》っても、開けても、その眼で、爛《ただ》れた臓腑《ぞうふ》を見た。云わば、彼の神経は彼の体の外側へ飛び出して、彼の眼を透して、彼の体の中を覗《のぞ》いているのだった。

彼は堪えられなかった。苦しみ！　と云うようなものではなかった。「魂」が飛び出そうとしているんだ。

子供と一緒に自分の命を捨てる、難産のような苦しみであった。

——どこだ、ここは、——

彼は鈍く眼を瞠《みは》った。

どこだか、それを知りたくなった。

——どこで、俺は死にかけているんだ！——

彼は、最後の精力を眼に集めた。が、魂の窓は開かなかった。魂は丁度睫毛《まつげ》のところまで出ていたのだ。

卵に神経があるのだったら、彼は茹《ゆ》でられている卵だった。

鍋《なべ》の中で、ビチビチ撥《は》ね疲れた鯔《どじょう》だった。

白くなった眼に何が見えるか！

——どこだ、ここは？——

何だって、コレラ病患者は、こんなことが知りたかったんだろう。

私は、同じ乗組の、同じ水夫としての、友達甲斐《がい》から、彼に、いや彼等に今、そのどこだったかを知らせなければならない。

それは、…………

だが、それがどこだったかは、もっと先になれば分ることった。

彼は、間もなく、床格子の上で、生きながら腐ってしまった。

裂かれた鰻《うなぎ》のように、彼の心臓は未だピクピクしていた。そうしたがっていた。

彼の肺臓もそうだった。けれども、地上に資本主義の毒が廻らぬ隈《すみ》もないように、
彼の心臓も、コレラ菌《うら》のために、弱らされていた。

数十万の人間が、怨みも、咎《とが》もないのに、戦場で殺し合っていたように、——

眼に立たないように、工場や、農村や、船や、等々で、なし崩しに消されて行く、

一つの生贄《いけにえ》で、彼もあった。——

一人前の水夫になりかけていた、水夫見習は、もう夕飯の支度に取りかからねばならない時刻になった。

で、彼は水夫等と一緒にしていた「誇るべき仕事」から、見習の仕事に帰るために、夕飯の準備をしに、水夫室へ入った。

ギラギラする光の中から、地下室の監房のような船室へ、いきなり飛び込んだ彼は、習慣に信頼して、ズカズカと皿箱をとりに奥へ踏み込んだ。

皿箱は、床格子の上に造られた棚の中にあった。

彼は、ロープに蹴《け》つまずいた。

「畜生！　出鱈目《でたらめ》にロープなんぞ抛《ほう》り出しやがって」

彼は叱言《こごと》を独りで云いながら、ロープの上へ乗っかった。

ロープ、捲《ま》かれたロープは、………

どうもロープらしくなかった。

「何だ！」

水夫見習は、も一度踏みつけて見た。

彼は飛び下りた。

躯《からだ》を直角に曲げて、耳をおっ立てて、彼は「グニャグニャしたロープ」を、闇の中に求めた。

見習は、腐ったロープのような、仲間を見た。

「よせやい！　おどかしやがって。どうしたってんだい」

ロープは腐っていた。

「オイ、起きろよ。踏み殺されちゃうぜ。いくら暑いからって、そんな処《ところ》へもぐり込む奴があるもんかい。オイ」

と云いながら、彼は、ロープを揺ぶった。

が、彼は豆粕《まめかす》のように動かなかった。

見習は、病人の額に手を当てた。

死人は、もう冷たくなりかけていた。

見習は、いきなり駆け出した。

——俺が踏み殺したんじゃあるまいか？　一度俺は踏みつけて見たぞ！　両足でドンと。——

彼は、恐しい夢でも見てるような、無気味な気持に囚《とら》われながら、追っかけられながら、デッキのボースン*の処へ駆けつけた。

「駄目だ。ボースン。奴ぁ死んでるぜ」

彼は監獄から出たての放免囚見たいに、青くなって云った。

「何だって！　死んだ？　どいつが死んだ？」

「冗談じゃないぜ。ボースン。安田が死んでるんだぜ」

「死んだ程、俺も酔っ払って見てえや、放っとけ！　それとも心配なら、頭から水でも打《ぶ》っかけとけ！」

「ボースン！　ボースン！　そうかも知れねえが、一寸《ちよつと》行って見てやって呉《く》れよ。確に死んでる！　そしてもう臭くなってるんだぜ」

「馬鹿野郎！　酔っ払ってへど吐きゃ、臭いに極《きま》ってら。二時間や三時間で、死んで臭くなりゃ、酒ぁ一日で出来らあ。ふざけるない。あほだら経奴《きようめ》！」

ボースンは、からかわれていると思って、遂々《とうとう》憤り出してしまった。

「酔っ払ったって死ぬことがあるじゃないか！　ボースン！　安田だって仲間だぜ！　不人情なことを云うと承知しねえぞ、ボースン、ボースンと立てときゃ、いやに親方振りやがって、そんなボーイ長たあ、ボーイ長が異《ちが》うぞ！　此《この》野郎、行って見ろったら行って見ろ！」

見習は、六尺位の仁王様のように怒った。

「ほんとかい」

「ほんとだとも」

水夫たちは、ボースンと共に、カンカン・ハマーを放り出したまま、おもてへ駆け込んだ。

「何だ！　あいつ等ぁ」

ブリッジを歩きまわっていた、一運（一等運転手）は、コーターマスターに云った。

「揃って帰っちまやがったじゃないか」

コーターマスターは、コンパスを力委せ《ちからまか》に蹴飛ばしながら、

「サア」と、気のない返事をした。

――滅茶苦茶《めちゃ》に手前等《てめえら》は儲《もう》けやがって、俺たちを搾りやがるから、いずれストライキだよ。吠《ほ》え面かくな――と彼は心の中で思った。

「おかしいじゃないか、おい」

一運は、チャートルーム（海図室）にいる、相番のコーターマスターを呼んだ。

「オーイ」

相番のコーターマスターが、タラップから顔を覗かすと、直ぐに一運は怒鳴った。

「時間中に、おもてへ入ることは能きないって、おもてへ行って、ボースンにそう云って来い」

「ハイ」

彼が下りかけると、浴せかけるように、一運はつけ加えた。

「そして、奴等が何をしてるか見て来い。よく見てから云うんだぞ」

「オッ」

彼は、もうサロンデッキを下りながら答えた。

一運は、ブリッジをあちこち歩き始めた。

ブリッジは、水火夫室と異って、空気は飴《あめ》のように粘ってはいなかった。船の速度丈《だ》けの風があった。そこでは空気がさらさらしていた。

殊に、そこは視野が広くて、稀《まれ》には船なども見ることが出来たし、島なども見えた。

フックラと蕾《つぼみ》のように、海に浮いた島々が、南洋ではどんなに奇麗なことだろう。それは、ひどい搾取下にある島民たちで生活されているが、見たところは、パラダイス*であった。セーラーたちは、いつもその島々を、恋人のように懐しんだ。だが、その島も、船が寄港しない島に限るのであった。船がつくと、どんな島でも、資本主義にその生命を枯らされていることが暴露されるからであった。

灯台が一つより外無い島、そして灯台守以外には、一人の人間も居ない島、そんな島が幾つも浮んでいた。そんな島は、媾曳《あいびき》の夜のように、水火夫たちを詩人にした。

今、第三金時丸は、その島々を眺めながらよろぼうていた。

コーターマスターは、「おもて」へ入った。彼は、騒がしい「おもて」を想像していた。

おもて（水夫室）の中は、然《しか》し、静かであった。彼は暫《しばら》く闇に眼を馴《な》らした後、そこに展《ひろ》げられた絵を見た。

チェンロッカー（錨《いかり》室）の蓋《ふた》の上には、安田が仰向《あおむ》きに臥《ね》ていた。

三時間か四時間の間に、彼は茹《ゆ》でられた菜のように、萎《しな》びて、嵩《かさ》が減って、グニャグニャになっていた。

おもては、船特有の臭気の外に、も一つ「安田」の臭いが混ざって、息詰らせていた。

水夫達は、死体の周囲に黙って立っていた。そして時々、耳から耳へ、何か囁《ささや》かれた。

コーターマスターは、ボースンの耳へ口をつけた。

「死んだのかい」

「死んだらしい」

「どうしたんだい」

「やけに呻《うな》ったらしいんだ」

「フーム」

「…………」

「で、水葬はいつかい」

「一運に一度訊《き》いて見よう」

「酒が、わるかったんだね」

「ウム、どうもはっきり分らねえ。悪い病気じゃないといいが……」

明日、水葬する、と云うことに決った。

安田は、水夫たちの手に依《よ》って、彼のベッドへ横たえられた。

大豆粕《かす》のように青ざめていた。

彼の死に顔は、安らかに見えた。そして、こう云ってるように見えた。

「もう、どんな者にも搾られはしない」

これ以上搾取されることが厭《いや》になった、と云う訳でもあるまいが、安田の死体が、未《ま》だ海の中へ辷《すべ》り込まない、その夜、一人のセイラーと、一人の火夫とが、「又酔っ払った」

第三金時丸は、沈没する時のように、恐怖に包まれた。

「コレラだ」と云うことが分ったのだ。

船長、一運の二人が、おもてへ来て、「酔っ払って、管を巻いてる」患者を見た。

二人の士官が、ともへ帰ると、ボースンとナンバンとが呼ばれた。

彼等は行った。

船長は、横柄に収まりかえっていられる筈《はず》の、船長室にはいなくて、サロンデッキにいた。

ボースンとナンバンとが、サロンデッキに現れるや否や、彼は遠方から呶鳴《どな》った。

「フォア、ビーク（おもての空気室——船の云わば浮嚢《うきぶくろ》——）のガット*を開けろ。そして、死人と、病人とを中へ入れろ。コレラだ！　それから、病人の食事は、ガットから抛《ほう》り込むことにするんだ。それから、おもての者は、今日からともに来ることはならない。それから、少しでも吐いたり、下したりする者があったら、皆フォアビークへ入れるんだ。それから。エー、それから、あ、それでよろしい」

船長は、黴菌《ばいきん》を殺すために、——彼はそう考えた——高価な、マニラで買い込んだ許《ばか》りの葉巻を、尻《しり》から脂の出るほどふかしながら、命令した。

ボースンと、ナンバンは引き取った。

フォアビークは、水火夫室の下の倉庫の、も一つ下にあった。

その中は、梁《はり》や、柱や、キール*やでゴミゴミしていた。そこは、印度の靴の爪尖《つまさき》のように、先が尖《とが》って、撥《は》ね上っていた。空気はガットで締められていたため、数年前と些《いささか》も違わないで溜《たま》っていた。そして空家の中の手洗鉢のように腐っていた。

そこは、海に沈んでいる部分なので、ジメジメしていた。殊に、第三金時丸の場合では、海水が浸《し》みて来た。

星の世界に住むよりも、そこは住むのに適していないように見えた。

船虫が、気味悪く鳴くのもそこであった。

そこへは、縄梯子《なわばしご》をガットにかけて下りるより外に方法はなかった。十五六呎《フイート》の長さの縄梯子でなければ、底へは届かなかった。

これから病人や死体が、そこへ入るにしても、空気は、楕円《だえん》形の三尺に二尺位の、ガットの穴から忍び込むより仕方がなかった。

そんな小さな穴からは、丈夫な生きた人間が「一人」で、縄梯子を伝って降りるより外に、方法は無かった。

病人を板か何かに載せて卸すと云うことは、不可能なことであった。病人を負って下りることもできなかった。然し、首に綱をつけて吊《つ》り下すことはできた。ただ、そうすると、病人は、もっと早く死ぬことになるのだった。

どうして卸したらいいだろう。

謎のような話であった。

けれども、コレラは容赦をしなかった。

水火夫室から、倉庫へ下りる事は、負って下りると云う方法で行われた。

倉庫から、ビークへは、「勝手に下りて貰《もら》う」より外に方法が無かった。

十五呎を、第一番に、死体が「勝手に」飛び下りた。

次に、火夫が、憐《あわ》れみを乞《こ》うような眼で、そこら中を見廻《みまわ》しながら、そして、最後の反抗を試みながら、「勝手」に飛び込んだ。

「南無阿弥陀仏《なむあみだぶつ》」と、丈夫な誰かが云ったようだった。

「たすけ……」と、落ちてゆく病人が云ったようだった。そんな気がした。

水夫は未だ確《しっか》りしていた。

「俺はいやだ！」と彼は叫んだ。

彼は、吐瀉《としゃ》しながら、転げまわりながら、顔中を汚物で隈取《くまど》りながら叫んだ。

「俺は癒《なお》るんだ！」

「生きてる間丈《だ》け、娑婆《しゃば》に置いて呉《く》れ」

彼は手を合せて頼んだ。

——俺が、いつ、お前等に蹴込《けこ》まれるような、悪いことをしたんだ——と彼の眼は訴えていた。

下級海員たちは、何か、背中の方に居るように感じた。又、彼等は一様に、何かに性急に追いまくられてるように感じた。

彼等は、純粋な憐みと、純粋な憤りとの、混合酒に酔っ払った。

――俺たちも――

此《この》考えを、彼等は頑固な靴や、下駄《げた》で、力一杯踏みつけた。が、踏みつけても、踏みつけても、溜飲《りゅういん》のように、それはこみ上げて来るのだった。

病める水夫は、のたうちまわった。人間を塩で食うような彼等も、誇張して無気味がる処女のように、後しざりした。

彼等は、倉庫から、水火夫室へ上った。

「ビークは、病人の入る処《ところ》じゃねえや」

「ビークにゃ、船長だけが住めるんだ」

彼等は、足下から湧いて来る、泥のような呻《うめ》き声に苛《さいな》まれた。そして、日一日と病人は殖《ふ》えた。

多くもない労働者が、機関銃の前の決死隊のように、死へ追いやられた。

十七人の労働者と、二人の士官と、二人の司厨《コック》が、ビークに、「勝手に」飛び込んだ。

高級海員が六人と、水夫が二人と、火夫が一人残った。

第三金時丸は、痛風にかかってしまった。労働者のいない船が、バルコンを散歩するブルジョアのように、油ぎった海の上を逍遥《しょうよう》し始めた。

機関長が石炭を運び、それを燃やした。船長が、自ら舵器《だき》を振り、自ら運転した。にも拘《かかわ》らず、泰然として第三金時丸は動かなかった。彼女は「勝手」に、ブラついた。

日本では大騒ぎになった。――尤《もっと》も、船会社と、船会社から頼まれた海軍だけだったが――

やがて、彼女が、駆逐艦に発見された時、船の中には、「これじゃ船が動く道理がない」と、船会社の社長が言った半馬鹿、半狂人の船長と、木乃伊《ミイラ》のような労働者と、多くの腐った屍《しかばね》とがあった。

（一九二六、二、七）

――「解放」大正十五年五月

牢獄《ろうごく》の半日

一

——一九二三年、九月一日、*私は名古屋刑務所に入っていた。

監獄の昼飯は早い。十一時には、もう舌なめずりをして、きまり切って監獄の飯の少ないことを、心の底でしみじみ情けなく感じている時分だ。

私はその日の日記にこう書いている。

——昨夜、可なり時化《しけ》た。夜中に蚊帳戸《かやと》から、雨が吹き込んだので硝子戸《ガラスど》を閉めた。朝になると、畑で秋の虫がしめたしめたと鳴いていた。全く秋々して来た。夏中一つも実らなかった南瓜《かぼちゃ》が、その発育不十分な、他の十分の一もないような小さな葉を、青々と茂らせて、それにふさわしい朝顔位の花を沢山つけて、せい一杯の努力をしている。もう九月だのに。種の保存本能！——

私は高い窓の鉄棒に摑《つか》まりながら、何とも云えない気持で南瓜畑を眺めていた。小さな、駄目に決まり切っているあの南瓜でも私達に較べると実に羨《うらやま》しい。

マルクスに依《よ》ると、風力が誰に属すべきであるか、という問題が、昔どこかの国で、学者たちに依って真面目に論議されたそうだ。私は、光線は誰に属すべきものかと云う問題の方が、監獄にあっては、現在でも適切な命題と考える。

小さな葉、可愛らしい花、それは朝日を一面に受けて輝きわたっているではないか。

総《す》べてのものは、よりよく生きようとする。ブルジョア、プロレタリア――私はプロレタリアとして、よりよく生きるために、乃至《ないし》はプロレタリアを失《な》くするための運動のために、牢獄にある。

風と、光とは私から奪われている。

いつも空腹である。

顔は監獄色と称する土色である。

心は真紅の焔《ほのお》を吐く。

昼過――監獄の飯は早いのだ――強震あり。全被告、声を合せ、涙を垂れて、開扉を頼んだが、看守はいつも頻繁に巡るのに、今は更に姿を見せない。私は扉に打《ぶ》つかった。私は又体を一つのハンマーの如くにして、隣房との境の板壁に打つかった。私は死にたくなかったのだ。死ぬのなら、重たい屋根に押しつぶされる前に、扉と討死しようと考えた。

私は怒号した。ハンマーの如く打つかった。両足を揃えて、板壁を蹴《け》った。私の体は投げ倒された。板壁は断末魔の胸のように震え戦《おのの》いた。その間にも私は、寸刻も早く看守が来て、――何故乱暴するか――と咎《とが》めるのを待った。が、誰も来なかった。

私はヘトヘトになって板壁を蹴っている時に、房と房との天井際の板壁の間に、嵌《は》め込まれてある電球を遮るための板硝子が落ちて来た。私は左の足でそれを蹴上げた。足の甲からはサッと鮮血が迸《ほとばし》った。

――占めた！――

私は鮮血の滴る足を、食事窓から報知木の代りに突き出した。そしてそれを振った。これも効力がなかった。血は冷たい叩《たた》きの上へ振り落された。

私は誰も来ないのに、そういつまでも、血の出る足を振り廻《まわ》している訳にも行かなかった。止むなく足を引っ込めた。そして傷口を水で洗った。溝の中にいる虫のような、白い神経が見えた。骨も見えた。何しろ硝子板を粉々に蹴飛ばしたんだから、砕屑《さいせつ》でも入ってたら大変だ。そこで私は叮嚀《ていねい》に傷口を拡げて、水で奇麗に洗った。手拭《てぬぐい》で力委《ちからまか》せに縛った。

応急手当が終ると、――私は船乗りだったから、負傷に対する応急手当は馴《な》れていた――今度は、鉄窓から、小さな南瓜畑を越して、も一つ煉瓦塀《れんが》を越して、監獄の事務所に向って弾劾演説を始めた。

――俺たちは、被告だが死刑囚じゃない。俺たちの刑の最大限度は二ヶ年だ。それも未《ま》だ決定されているんじゃない。よしんば死刑になるかも分らない犯罪にしても、判決の下るまでは、天災を口実として死刑にすることは、甚だ以《もっ》て怪《け》しからん。

――

と言う風なことを怒鳴っていると、塀の向うから、そうだ、そうだ、と怒鳴りかえすものがあった。

――占めた――と私は再び考えた。

あらゆる監房からは、元気のいい声や、既に嗄《しゃが》れた声や、中には全く泣声でもって、常人が監獄以外では聞くことの出来ない感じを、声の爆弾として打ち放った。これ等の声の雑踏の中に、赤煉瓦を越えて向うの側から、一つの演説が始められた。

――諸君、善良なる諸君！　われわれは今、刑務所当局に対して交渉中である！　同志諸君の貴重なる生命が、腐敗した缶詰の内部に、死を待つために故意に幽閉されてあると云う事実に対して、山田常夫君と、波田きし子女史とは所長に只今《ただいま》交渉中である。又一方吾人《ごじん》は、社会的にも輿論《よろん》を喚起する積《つも》りである。同志諸君、諸君も内部に於《おい》て、屈する処《ところ》なく、××することを希望する！——

演説が終ると、獄舎内と外から一斉に、どっと歓声が上った。

私は何だか涙ぐましい気持になった。数ケ月の間、私の声帯は殆《ほとん》ど運動する機会がなかった。又同様に鼓膜も、極めて微細な震動しかしなかった。空気——風——と光線とは誰の所有に属するかは、多分、典獄か検事局かに属するんだろう——知らなかったが、私達の所有は断乎《だんこ》として禁じられていた。

それが今、声帯は躍動し、鼓膜は裂ける許《ばか》りに、同志の言葉に震え騒いでいる。——此《この》上に、無限に高い空と、突っかかって来そうな壁の代りに、屋根や木々や、野原やの——遥《はるか》なる視野——があればなあ、と私は淋《さび》しい気持になった。陰鬱《いんうつ》の直線の生活！　監獄には曲線がない。煉瓦！　獄舎！　監守の顔！　塀！　窓！

窓によって限られた四角な空！

夜になると浅い眠りに、捕縛される時の夢を見る。眠りが覚めると、監獄の中に寝てるくせに、——まあよかった——と思う。引っ張られる時より引っ張られてからは、どんなに楽なものか。

私は窓から、外を眺めて絶えず声帯の運動をやっていた。それは震動が止んでから三時間も経った午後の三時頃であった。

——オイ——と、扉の方から呼ぶ。

——何だ！　私は答える。

——暴れちゃいかんじゃないか。

——馬鹿野郎！　暴れて悪けりゃ何故外へ出さないんだ！

——出す必要がないから出さないんだ。

——何故必要がないんだ。

——此通り何でもないってことが分っているから出さないんだ。

——手前《てめえ》は何だ？　鯰《なまず》か、それとも大森博士か、一体手前は何だ。

——俺は看守長だ。

——面白い。

私はそこで窓から扉の方へ行って、赤く染った手拭で巻いた足を、食事窓から突き出した。

——手前は看守長だと云うんなら、手前は言った言葉に対して責任を持つだろうな。

——勿論《もちろん》だ。

——手前は地震が何のこともなく無事に終ると云うことが、予《あらかじ》め分ってたと言ったな。

か。


——言ったよ。

——手前は地震学を誰から教わった。鯰からか！　それとも発明したのか。

——そんなことは言う必要はないじゃないか。ただ事実が証明してるじゃないか。

——よろしい。予め無事に収まる地震の分ってる奴等が、慌てて逃げ出す必要があって、生命が危険だと案じる俺達が、密閉されてる必要の、そのわけを聞こうじゃないか。

——誰が遁《に》げ出したんだ。

——手前等、皆だ。

——誰がそれを見た？

——ハハハハ。私は笑い出した。涙は雨洩《あまもり》のように私の頬を伝い始めた。私は頸《くび》から上が火の塊になったように感じた。憤怒！

私は傷《きずつ》いた足で、看守長の睾丸《こうがん》を全身の力を罩《こ》めて蹴上げた。が、食事窓がそれを妨げた。足は膝《ひざ》から先が飛び上っただけで、看守のズボンに微《かすか》に触れた丈《だ》けだった。

——何をする。

——扉を開けろ！

——必要がない。

——必要を知らせてやろう。

——覚えてろ！

——忘れろったって忘られるかい。鯰野郎！　出直せ！

——……

——……私は顔中を眼にして、彼奴《きやつ》を睨《にら》んだ。

看守長は慌てて出て行った。

私は足を出したまま、上体を仰《あおむ》向けに投げ出した。右の足は覗《のぞ》き窓の処に宛てて。涙は一度堰《せき》を切ると、迚《とて》も止るものじゃない。私は見っともないほど顔中が涙で濡《ぬ》れてしまった。

私が仰向けになるとすぐ、四五人の看守が来た。今度の看守長は、いつも典獄代理をする男だ。

——波田君、どうだね君、困るじゃないか。

——困るかい。君の方じゃ僕を殺してしまったって、何のこともないじゃないか。面倒くさかったらやっちまうんだね。

——そんなに君興奮しちゃ困るよ。

——俺は物を言うのがもううるさくなった。その足を怪我してるんだから、医者を連れて来て、治療さして呉《く》れよ。それもいやなら、それでもいいがね。

――どうしたんです。足は。

――御覧の通りです。血です。

――オイ、医務室へ行って医師に直ぐ来て貰《もら》え！　そして薬箱をもってついて来い。

看守長は、お伴《とも》の看守に命令した。

――ああ、それから、面会の人が来てますからね。治療が済んだら出て下さい。

僕が黙ったので彼等は去った。

――今日は土曜じゃないか、それにどうして午後面会を許すんだろう。誰が来てるんだろう。二人だけは分ったが、演説をやったのは誰だったろう。それにしても、もう夕食になろうとするのに、何だって今日は面会を許すんだろう。

私は堪《たま》らなく待ち遠しくなった。

足は痛みを覚えた。

一舎の方でも盛んに騒いでいる。監獄も始末がつかなくなったんだ。たしかに出さなかったことは監獄の失敗だった。そのために、あんなに騒がれても、どうもよくしないいんだ。

やがて医者が来た。

監房の扉を開けた。私は飛び出してやろうかと考えたが止めた。足が工合《ぐあい》が悪いんだ。

医者は、私の監房に腰を下した。結えてある手拭《てぬぐい》を除《と》りながら、

――どうしたんだ。

――傷をしたんだよ。

――そりゃ分ってるさ。だがどうしてやったかと訊《き》いてるんだ。

――君たちが逃げてる間の出来事なんだ。

――逃げた間とは。

――避難したことさ。

――その間にどうしてさ。

――監房が、硝子《ガラス》を俺の足に打《ぶ》っ衝《つ》けたんだよ。

――硝子なんかどうして入れといたんだ。

――そりゃお前の方の勝手で入れたんじゃないか。

――……

医者は傷口に、過酸化水素を落した。白い泡が立った。

――ああ、電灯の。――漸《ようや》く奴には分ったんだ。

――あれが落ちる程揺ったかなあ。

医者は感に堪えた風に云って、足の手当をした。

医者が足の手当をし始めると、私は何だか大変淋《さび》しくなった。心細くなった。

朝は起床（チキショウ）と云って起される。

（土瓶出せ）と怒鳴る。

（差入れのある者は報知木を出せ）

――ないものは涎《よだれ》を出せ――と、私は怒鳴りかえす。

糞、小便は、長さ五寸、幅二寸五分位の穴から、巌丈《がんじょう》な花崗岩《かこうがん》を透して、おかわに垂れる。

監獄で私達を保護するものは、私達を放り込んだ人間以外にはないんだ。そこの様子はトルコの宮廷以上だ。

私の入ってる間に、一人首を吊《つ》って死んだ。

監獄に放り込まれるような、社会運動をしてるのは、陽気なことじゃないんです。ヘイ。

私は、どちらかと云えば、元気な方ですがね。いつも景気のいい気持許《ばか》りでもないんです。ヘイ。

監獄がどの位、いけすかねえ処《ところ》か。

丁度私と同志十一人と放り込んだ、その密告をやった奴を、公判廷で私が蹴飛《けと》ばした時のこった。検事が保釈をとり消す、と云ってると、弁護士から聞かされた時だ。

——俺はとんでもねえことをやったわい。と私は後悔したもんだ。私にとっては、スパイを蹴飛ばしたのは悪くはないんだが、監獄に又候《またぞろ》一月を経たぬ中、放り込まれることが善くないんだ。

いいと思うことでも、余り生一本にやるのは考えものだ。損得を考えられなくなるまで追いつめられた奴の中で、性分を持った奴がやる丈けのもんだ。

監獄に放り込まれる。此《この》事自体からして、余り褒めた気持のいい話じゃない。そこへ持って来て、子供二人と老母と嬶《かかあ》とこれ丈けの人間が、私を、此私を一本の杖《つえ》にして縋《すが》ってるんです。

手負い猪です。

医者が手当をして呉れると、私は面接所に行った。わざと、下駄《げた》を叩《たた》きへ打っつけるんだ。共犯は喜ぶ。私も嬉《うれ》しい。

——しっかりやろうぜ。

——痛快だね。

なんて云って眼と顔を見合せます。相手は眼より外の処は見えません。眼も一つ丈けです。

命がけの時に、痛快だなんてのは、全く沙汰《さた》の限りです。常識を外れちゃいけない。ところが、

——理屈はそれでもいいか知れないが、監獄じゃ理屈は通らないぜ。オイ、——なんです。

監獄で考える程、勿論《もちろん》、世の中は、いいものでもないし、又娑婆《しゃば》へ出て考える程、勿論、監獄は「楽に食えていい処」でもない。一口に云えば、社会と云う監獄の中の、刑務所と云う小さい監獄です。

二

私は面接室へ行った。

ブリキ屋の山田君と、嬶と、子供とが来ていた。

——地震の時、事務所の看守長は、皆庭へ飛び出して避難したよ。

ブリキ屋君が報告した。

——果して。と私は云った。

詰り、私たちが、いくら暴れても怒鳴っても、文句を言いに来なかった筈《はず》だ。誰も獄舎には居なかったんだ。

あれで獄舎が壊れる。何百人かの被告は、ペシャンコになる。食糧がそれだけ助

かる。警察の手がいらなくなる。それで世の中が平和になる。安穏になる。うまいもんだ。

チベットには、月を追っかけて、断崖《だんがい》から落っこって死んだ人間がある。と云うことを聞いた。

日本では、囚人や社会主義者、無政府主義者を、地震に委《まか》せるんだね。地震で時の流れを押し止《とど》めるんだ。

ジャッガーノート！

赤ん坊の手を捻《ひね》るのは、造作もねえこった。お前は一人前の大人だ。な、おまけに高利で貸した血の出るような金で、食い肥《ふと》った立派な人だ。こんな赤ん坊を引裂こうが、ひねりつぶそうが、叩き殺そうが、そんなこたあ、お前には造作なくできるこった。お前には権力ってものがあるんだ。搾取機関と、補助機関があるんだ。お前たちは、ありとあらゆるものを、自分の手先に使い、それを利用することが出来る。たとえばだ、ほんとうは俺たちと兄弟なんだが、それに、ほんの「ポッチリ」目腐金《めくされがね》をくれてやって、お前の方の「目明《めあか》し」に使うことが出来る。捕吏にもな、スパイにもな。

お前は、俺達の仲間の間へ、そいつ等を絛虫《じょうちゅう》が腹ん中へ這入《はい》るようにして棲《す》まわせて置くんだ。俺達の仲間はひどい貧乏なんだ。だから、目腐金へでも飛びつく者が出来るんだ。不所存者がな。

お前は、俺達を、一様に搾取する丈《だ》けで倦《あ》き足りないで、そう云う風にして、個々の俺達の仲間までも堕落させるんだ。

フン！　捩《ねじ》れ。押しひしゃげ。やるがいいや。捩れるときは捩るもんだ。そうそういつまでも、機会と言うものがお前を待っては居ないだろうぜ。お前が、此《この》地上のあらゆる赤ん坊を、悉《ことごと》く吸い尽して終《しま》おうと云う決心は、全く見事なもんだ。

だが、お前は其《その》赤ん坊を殺し尽さない前に、いいかい。誰がどうしないでも、独りでにお前の頭には白髪が殖《ふ》えて来るんだ。腰が曲って来るんだ。眼が霞《かす》み初めるんだ。皺《しわ》だらけの、血にまみれた手で、そこで八釜《やかま》しく、泣き立てている赤ん坊の首筋を掴《つか》もうとしても、その手さえ動かなくなるんだ。お前が殺し切れなかった赤ん坊は、益々《ますます》お前の廻《まわ》りで殖えて行くだろう。益々騒がしく泣き立てるだろう。ハッハッハッハハ。

赤ん坊が全《まる》っ切り大きくならないとしても、お前は年をとるんだよ。ヘッヘッ。お前は背中に止った虱《しらみ》が取りたいだろう。そいつを、赤ん坊を引き裂いたように、最後の思い出として捻りつぶしたいだろう。そいつも六ケ敷《むずかし》くなるんだ。悶《もだ》え初めるだろう。

お前は、肥っていて、元気で、兇暴《きょうぼう》で、断乎《だんこ》として殺戮《さつりく》を恣《ほしいまま》にしていた時の快さを思い出すだろう。それに今はどうだ。

　虱はおろかお前の大小便さえも自由にならないんだ。血を飲みすぎたんで中風になったんだ。お前が踏みつけてるものは、無数の赤ん坊の代りとお前自身の汚物だ。そこは無数の赤ん坊の放り込まれた、お前の今まで楽しんでいた墓場の、腐屍《ふし》の臭よりも、もっと臭く、もっと湿っぽく、もっと陰気だろうよ。

だが、未《ま》だお前は若い。未だお前は六十までには十年ある。いいかい。未だお前は生れてから五十にしかならないんだ。ただ、お前のその骨に内攻した梅毒がそれ以上進行しないってことになれば、未だ未だ大丈夫だ。

お前の手、腕、は益々鍛われて来た。お前の足は素晴らしいもんだ。お前の逞《たくま》しい胸、牛でさえ引き裂く、その広い肩、その外観によって、内部にあるお前自身の病毒は完全に蔽《おお》いかくされている。

　お前が夜更けて、独りその内身の病毒、骨がらみの梅毒について、治療法を考え、膏薬《こうやく》を張り、神々を祈願し、嘆いていることは、未だ極めて少数の赤ん坊より外知らないんだ。

　だから、今、お前はその実際の力も、虚勢も、傭兵《ようへい》をも動員して、殺戮本能を満足さすんだ。それはお前にとってはいいことなんだ。お前にとって、それは此上もなく美しいことなんだ。お前の道徳だ。だからお前にとってはそうであるより外に仕方のない運命なんだ。

犬は犬の道徳を守る。気に入ったようにやって行く。お前もやってのけろ！

お前はその立派な、見かけの体軀《たいく》をもって、その大きな轢殺車《れきさつしゃ》を曳《ひ》いて行く！

未成年者や児童は安価な搾取材料だ！

お前の轢殺車の道に横《よこた》わるもの一切、農村は蹂《ふみにじ》られ、都市は破壊され、山野は裸にむしられ、あらゆる赤ん坊は其下敷きとなって、血を噴き出す。肉は飛び散る。

お前はそれ等の血と肉とを、バケット、コンベーヤーで、運び上げ、啜《すす》り喰《くら》い、轢殺車は地響き立てながら地上を席捲《せっけん》する。

斯《か》くて、地上には無限に肥った一人の成人と、蒼空《そうくう》まで聳《そび》える轢殺車一台とが残るのか。

そうだろうか！

そうだとするとお前は困る。もう喰うべき赤ん坊が無くなったじゃないか。

だが、その前に、お前は年をとる。太り過ぎた轢殺車がお前の手に合わなくなる。お前が作った車、お前に奉仕した車が、終《つい》に、車までがおまえの意のままにはならなくなってしまうんだ。

だが、今は一切がお前のものだ。お前は未だ若い。英国を歩いていた時、ロシアを歩いていた時分は大分疲れていたように見えたが、海を渡って来てからは見違えたようだ。

「ここ」には赤ん坊が無数にいる。安価な搾取材料は群れている。

サア！　巨人よ！

轢殺車を曳いて通れ！　ここでは一切がお前を歓迎しているんだ。喜べ此《この》上もない音楽の諧調《かいちょう》――飢に泣く赤ん坊の声、砕ける肉の響、流れる血潮のどよめき。

此上もない絵画の色――山の屍《しかばね》、川の血、砕けたる骨の浜辺。

彫塑の妙――生への執着の数万の、デッド、マスク！

宏壮《こうそう》なビルディングは空に向って声高らかに勝利を唄《うた》う。地下室の赤ん坊の墳墓は、窓から青白い呪を吐く。

サア！　行け！　一切を蹂躪《じゅうりん》して！

ブルジョアジーの巨人！

私は、面会の帰りに、叩《たた》きの廊下に坐《すわ》り込んだ。

――典獄に会わせろ。

誰が何と云っても私は動かなかった。

――宇《う》都《つ》の宮《みや》じゃないが、吊《つり》天井の下に誰か潜り込む奴があるかい。お前たちは逃げたんじゃないか。死刑の宣告受けてない以上、どうしても俺は入らない。

私は頑張った。

――「文芸戦線」大正十三年十月

浚渫船《しゆんせつせん》*

私は行李《こうり》を一つ担いでいた。

その行李の中には、死んだ人間の臓腑《ぞうふ》のように、「もう役に立たない」ものが、詰っていた。

ゴム長靴の脛《すね》だけの部分、アラビアンナイトの粟粒《あわつぶ》のような活字で埋まった、表紙と本文の半分以上取れた英訳本。坊主の除《と》れたフランスのセーラーの被《かぶ》る毛糸帽子。印度の何とか称する貴族で、デッキパッセンジャーとして、アメリカに哲学を研究に行くと云う、青年に貰《もら》った、ゴンドラの形と金色を持った、私の足に合わない靴。刃のない安全剃刀《かみそり》。ブリキのように固くなったオバーオールが、三着。

「畜生！　どこへ俺は行こうってんだ」

樫《かし》の盆見たいな顔を持った、セコンドメイト*は、私と並んで、少し後れようと試みながら歩いていた。

「ヘッ、俺より一足だって先にゃ行かねえや。後ろ頭か、首筋に寒気でもするんかい」

私は又、実際、セコンドメイトが、私の眼の前に、眼の横ではいけない、眼の前に、奴のローラー見たいな首筋を見せたら、私の担いでいた行李で、その上に載っかっている、だらしのないマット見たいな、「どあたま」を、地面まで叩《たた》きつけてやろう！　と考えていたのだ。

「で、お前はどこまでも海事局で頑張ろうと云う積《つも》りかい？」

と、セコンドメイトは、私に訊《き》いた。

「篦棒奴《べらぼうめ》。愚図愚図泣言を云うない。俺にゃ覚悟が出来てるんだ。手前《てめえ》の方から喧《けん》嘩《か》を吹っかけたんじゃねえか」

私は、実は歩くのが堪えられない苦しみであった。私の左の足は、踝《くるぶし》の処《ところ》で、釘《くぎ》の抜けた蝶番《ちょうつがい》みたいになっていたのだ。

「お前は、そんな事を云うから治療費だって貰えないんだぞ。それに俺に食ってかかったって、仕方がないじゃないか、な、ちゃんと嘆願さえすれば、船長だって涙金位寄越さないものでもないんだ。それを、お前が無茶云うから、船長だって憤るんだ」

セコンドメイトは、栗のきんとん見たいな調子で云った。

そのきんとんには、サッカリン*が多分に入っていることを、私は知っていた。その上、猫入らずまで混ぜてあったのだが、兎《と》に角《かく》私は、滅茶《めちゃ》苦茶に甘いものに飢えていた。

だものだから、ついうっかり、奴《やっこ》さんの云う事を飲み込もうとした。

涎《よだれ》でも垂らすように、私の眼は涙を催しかけた。

私は、力一杯怒鳴った。セコンドメイトの猫入らずを防ぐと同時に、私の欺《だま》され易いセンチメンタリズムを怒鳴りつけた。

「馬鹿野郎！」

倉庫は、街路に沿うて、並んで甲羅を乾《ほ》していた。

未《ま》だ、人通りは余り無かった。新聞や牛乳の配達や、船員の朝帰りが、時々、私たちと行き違った。

何かの、パンだとか、魚の切身だとか、巴焼《ともえやき》だとかの包み紙の、古新聞が、風に捲《ま》かれて、人気の薄い街を駆け抜けた。

雨が来そうであった。

私の胸の中では、毒蛇が鎌首《かまくび》を投げた。一歩一歩の足の痛みと、「今日からの生活の悩み」が、毒蛇をつッついたのだ。

「おい、今んになって、口先で胡魔化《ごまか》そう、ったって駄目だよ。剝製《はくせい》の獣じゃあるめえし、傷口に、ただの綿だけ押し込んどいて、それで傷が癒《なお》りゃ、医者なんぞ食い上げだ！　いいか、覚えてろ！　万寿丸は室浜の航海だ。月に三回はいやでも浜に入って来らあ。海事局だって、俺の言い分なんか聞かねえ事ぁ、手前や船長が御託を並べるまでも無《ね》えこっちで知ってらあ。愈々《いよいよ》どん詰りまで行きゃあ、俺だって虫けらた違うんだからな。そうなりゃ裸と裸だ。五分と五分だ。松葉杖《まつばづえ》ついたって、ぶっ衝《つか》って見せるからな」

松葉杖！　私はその時だってほんとうは、松葉杖を突いてでなければ、歩けないほどに足が痛く、傷の内部は化膿《かのう》していたのだ。

私は、その役にも立たない、腐った古行李をもう担いで歩くのが、迚《とて》も重くて、足に対して堪えられない拷問になって来た。

道は上げ潮の運河の上の橋にかかっていた。私は橋の上に、行李を下してその上に腰をかけた。

運河には浚渫船が腰を据えていた。浚渫船のデッキには、石油缶の七輪から石炭の煙が、いきなり風に吹き飛ばされて、下の方の穴からペロペロ、赤い焔《ほのお》が舌なめずりをして、飯の炊かれるのを待っていた。

団扇《うちわ》のような胴船が、浚渫船の横っ腹へ、眠りこけていた。

私は両手で顎《あご》をつっかって、運河の水を眺めていた。木の切れっ端や、古俵などが潮に乗って海から川の方へ逆流して行った。

セコンドメイトは、私と並んで、私が何を眺めているか検査でもするように、私の視線を追っかけていた。

私は左の股《もも》に手をやって、傷から来た淋巴腺《リンパせん》の腫《は》れをそうっと撫《な》でた。まるで横痃《おうげん》ででもあるかのように、そいつは痛かった。

――横痃かも知れねえ。弱り目に祟《たた》り目だ。悪い時ゃ何もかも悪いんだ。どうなったって構やしない。――

「その代りなあ、淋《さび》しい死に方はしやしないからな」

私は、ほつれた行李の柳を引き千切って、運河へ放り込みながら、そう云った。

「おい！　そんな自棄《やけ》を云うもんじゃないよ。それよりも、おとなしく『合意雇止め』にしてやるから、ボーレンで一ヶ月も休んで、傷を癒してから後の事は、又俺でも世話をしてやるからな。お前見たいな風に出ちゃ損だよ。長いものには巻かれろってことがあるだろう。な、お前がいくら頑張ったって、船長も云ったように、一億円の船会社にゃ、勝てっこないんだから」

セコンドメイトは、デッキの上と橋板の上とでは、レコードの両面見たいに、あべこべの事を云い始めた。詰らない事を云って、自分が疳癪玉《かんしゃくだま》の目標になっては、浮ばれないと思いついたのだ。

「セキメイツ。＊長いものが、長いものの癖をして、巻かねえんだよ。巻かれた奴ぁ、ギュッと巻き締められて、息の根を止められちまわあな。ボーイ長（水夫見習）を見な。奴ぁ泣寝入りと云いたいんだが、泣寝入り処《どころ》じゃねえや、泣き死にに死んじゃったじゃねえか。ヘッ、毛も生えないような、雛《ひな》っ子じゃあるめえし、未だ、おいら泣き死にはしねえよ。淋しい死に方なんざしたくねえや」

「フン。強い事ぁ、もっと早くか、もっと遅く言ったらどうだい。ま、足でも癒ってからな。第一、お前は船長に云う事を俺に云ったって、追つかない話だぜ」

「いいとも。船長だってお前だって、塵木葉《ちりこっぱ》なんだよ」

私は、立ち上った。

腰を下していた行李《こうり》を担ぎ上げた。

セコンドメイトは、私が行李を担ぎ上げたので、二足許《ばか》り歩いた。

私は、行李を運河の中へ、力一杯放り込んだ。

「ヘッ、俺等なぁ、行李まで瘠《や》せてやがらあ。ボシャッてやがらあ。ドブンとも云わねえや。お前だって俺だって此《この》行李と違やしないんだぜ。セキメイッ！」

行李は、ひょうきんな格好で、水を吸って沈むまでを、浮いてごみ屑《くず》と一緒に流れた。

「どうしたんだい。一体、お前気でも狂ったんじゃないのか」

セコンドメイトは、ポシャッと云った水音で振りかえってそう云った。

「首なし死体を投《ほう》り込んだんだよ。ありゃ腐った臓腑《ぞうふ》だけっか入ってねえんだ。お前だって、あの行李ん中へ入ってるんだよ。俺だって、自分の行李がいらなくなりゃ、雇止めを食わさあな、ヘッ。さようなら、御機嫌よう。首なしさん。だよ。ハッハッハハ」

私は、歯を食いしばった。そして上瞼《うわまぶた》を上の方へまくし上げた。行李は私のようにフラフラしながら流れて行った。

セコンドメイトは、私が、どんなに非常識な事をいっても「憤ってはならない」と心の中で決めているらしかった。

――若《も》し、今、こいつに火をつけたら、ダイナマイト見たいに、爆発するに決ってる。俺が海事局へ行ってから、十分に思い知らしてやればいいんだ。それまでは、豆腐ん中に頭を突っ込んだ鰌《どじょう》見たいに、暴れられる丈《だ》け暴れさせとくんだ。――

セコンドメイトが、油を塗った盆みたいに顔を赤く光らせたのから、私は、彼の考えを見てとった。

私とても、言葉の上の皮肉や、自分の行李を放り込む腹癒《はらい》せ位で、此事件の結末に満足や諦《あきら》めを得ようとは思っていなかった。

――一生涯！　一生涯、俺は呪ってやる、たといどんなに此先の俺の生涯が惨めでも、又短かくても、俺は呪ってやる。やっつけてやる、俺だけの苦しみじゃない、何十、何百、何万、何億の苦しみだ。「たとえ、お前が裁判所に持ち出したって、こっちは一億円の資本を擁する大会社だ。それに、裁判はこちらの都合で、五年でも十年でも引っ張れる。その間、お前はどうして食う。裁判費用をどこから出す。ヘッヘッヘッ」と、吉武有と云う、鋳込まれたキャプスタン見たいな、あの船長奴《め》、抜かしやがった。抜かしやがった。畜生！「どうして食う？　どうして食う？」と奴はこきやがった。

私は橋板上へ、坐《すわ》り込んでしまった。――

足と、頭の痛さとが、私を、私と同じ量の血にして橋板へ流したように、そこへ、べったりへたばらしてしまった。

――畜生！――

「セキメイツ！　人間の足が痛んでるんだ。分らねえか、此《この》ぼけ茄子《なす》野郎！　人間の足が、地についてる処《ところ》が疼《うず》いてるんだ。血を噴いてるんだ！」

私は、頭を抱えながら呶《ど》鳴《な》った。

セコンドメイトは、私が頭を抱えて濡《ぬ》れた海苔《のり》みたいに、橋板にへばりついているのを見て、「いくらか心配になって」覗《のぞ》き込みに来るだろう。「どうしたんだ、オイ、しっかりしろよ。ほんとに歩けないのかい」と、私の顔を覗き込みに来るだろう。そして、私の頭に手をかけるだろう。オイ。

――手だけは、未《ま》だ俺は丈夫なんだからな。ポカッ！　と、俺は、奴の鼻に行かなくちゃいけない。口ではいけない。眼ならいくらかいい。だが鼻が一等きき目があるからな。ざまあ見やがれ、鼻血なんぞだらしなく垂らしやがって――

私は、本船から、艀《はしけ》から、桟橋から、ここまでの間で、正直の処全く足を痛めてしまった。一週間、全《まる》一週間、そのために寝たっきり呻《うめ》いていた、足の傷の上にこの体を載せて、歩いたので、患部に夥《おびただ》しい充血を招いたのに違いなかった。

――どこにいるんだか、生きているんだか死んでるんだか知らないが、親たちが此態《ざま》を見たら――

と、私は何故ともなく、両親の事を思い出した。

私の親が私にして呉《く》れたのと、私の親ほどな年輩の世間の他人野郎とは、何と云うひどい違い方だろう。

私は頭を抱えながら、滅茶苦茶《めちゃ》に沢山な考えを、掻《か》き廻《まわ》していた。そして、私の手か頭かに、セコンドメイトの手の触れるのを待っていた。

私は、おそらく、五分間もそうしていた。だが、手は私に触れなかった。

私は顔を上げた。

私を通りすがりに、自動車に援《たす》け乗せて、その邸宅に連れて行ってくれる、小説の美しいヒロインも、そこには立っていなかった。おまけにセコンドメイトまでも、待ち切れなくなったと見えて、消え失《う》せてしまっていた。

浚渫船《しゅんせつせん》の胴っ腹にくっついていた胴船の、船頭夫婦が、デッキの上で、朝飯を食っているのが見えた。運転手と火夫とが、船頭に何か冗談を云って、朗かに笑った。

私は静に立ち上った。

そして橋の手すりに肘《ひじ》をついて浚渫船をボンヤリ眺めた。

夜明け方の風がうすら寒く、爽《さわや》かに吹いて来た。潮の匂いが清々《すがすが》しかった。次には、浚渫船で蒸汽を上げるのに、ウント放り込んだ石炭が、そのまま熔《と》けたような濃い烟《けむり》になって、私の鼻っ面を掠《かす》めた。

それは、総《すべ》て健康な、清々しい情景であり、且《か》つ「朝」の溌溂《はつらつ》さを持っていた。

船体の動揺の刹那《せつな》まで、私の足の踝《くるぶし》にジャックナイフの突き通るまでは、私にも早朝の爽快《そうかい》さと、溌溂さとがあった。けれども船体の一《ひ》と揺れの後では、私の足の踝から先に神経は失《な》くなり、多くの血管は断ち切られた。そして、その後では、新鮮な溌溂たる疼痛《とうつう》だけが残された。

「オーイ、昨夜はもてたかい？」

ファンネル*の烟を追っていた火夫が、烟の先に私を見付けて、デッキから吸鳴った。

「持てたよ。地獄の鬼に！」

私は呶鳴りかえした。

「何て鬼だ」

「船長ってぇ鬼だったよ」

「大笑いさすなよ。源氏名は何てんだ？」

「源氏名も船長さ」

「早く帰れよ。ほんとの船長に目玉を食うぜ」

「帰る所なんかねえんだよ。ペイドオフ（馘首《かくしゅ》）の食いたてなんだ」

浚渫船のデッキから、八つの目が私に向いた。

「何丸だ？」

「万寿丸よ！」

「あんな泥船ならペイドオフの方が、よっ程サッパリしてらあ。いい事をしたよ」

彼等は、朝の潮に洗われた空気に相応《ふさわ》しく快活に笑った。

それは、負傷さえしていなければ、火夫の云う通りであった。だが、今は私は、一銭の傷害手当もなく、おまけに懲戒下船の手続をとられたのだ。

もう、セコンドメイトは、海事局に行っているに違いない。

浚渫船は蒸汽を上げた。セーフチーバルヴが、慌てて呻《うな》り出した。

運転手がハンドルを握った。静寂が破れて轟音《ごうおん》が朝を掻き裂いた。運転手も火夫も、鋭い表情になって、機械に吸い込まれてしまった。
——遊んでちゃ食えないんだ。だから働くんだ。働いて怪我をしても、働けなくなりゃ食えないんだ！——
私は一つの重い計画を、行李《こうり》の代りに背負って、折れた歯のように疼く足で、桟橋へ引っ返した。

（一九二六、七、一〇）

——「文芸戦線」大正十五年九月

死屍《しかばね》を食う男

色んな事を知らない方がいい。と思われる事があなた方にもよくあるでしょう。フト、新聞の「その日の運勢」などに眼がつく。自分が七赤だか八白だか全《まる》っ切り知らなければ文句はないが、自分は二黒《じこく》*だと知っていれば、旅行や、金談は不可《いけ》ない、などとあると、構わない、やっつけはするが、どこか心の隅の方にそいつが、粘っこく密着《くっつ》いている。

「あそこの家の屋根からは、毎晩人魂《ひとだま》が飛ぶ。見た事があるかい」

そうなると、子供や臆病《おくびょう》な男は夜になるとそこを通らない。此《この》位な事は何でもない。命をとられる程の事ではないから。だが、見たため、知ったために命を落す人が多くある。その一つの話を書いて見ましょう。

その学校は、昔は藩の学校だった。明治の維新後県立の中学に変った。その時分には県下に二つしか中学がなかったので、どの中学も素晴らしく大きい校舎と、兵営のような寄宿舎とを持つ程膨脹《ぼうちょう》した。

中学は山の中にあった。運動場は代々木の練兵場ほど広くて、一方は県社〇〇神社に続いて居り、一方は聖徳太子の建立に係《かか》ると云われる国分寺に続いていた。そして又一方は湖になっていた。毎年一人ずつ、その中学の生徒が溺死《できし》する慣わしになっていた。

その湖の岸の北側には屠殺《とさつ》場があって、南側には墓地があった。学問は静かにしなけりゃいけない、ことの標本でもあるように、学校は静寂な境に立っていた。

おまけに、明治が大正に変ろうとする時になると、その中学のある村が、栓を抜いた風呂桶《ふろおけ》の水のように人口が減り初めた。残っている者は旧藩の士族で、いくらかの恩給を貰《もら》っている廃吏《はいり》ばかりになった。

何故《なぜ》かなら、その村は、殿様が追い詰められた時に、逃げ込んで無理に拵《こしら》えた山中の一村であったから、何にも産業と云うものが無かった。

で、中学の存在によって引き止めようとしたが、困った事には中学がその地方十里以内の地域に一度に七つも創立された。

大体今まで中学が少な過ぎたために、県で立てたのが二つ、その当時、衆議院議員選挙の猛烈な競争があったが、一人の立候補が、石炭色の巨万の金を投じて、殆《ほと》んどありとあらゆる村に中学を寄附したその数が五つ。

こんな訳で、今まで七人も一つ室《へや》にいた寄宿生が、一度に二人か三人かに減ってしまった。

その一つの室に、深谷《ふかや》と云うのと、安岡《やすおか》と呼ばれる卒業期の五年生がいた。

勿論《もちろん》、室の窓の外は松林であった。松の梢《こずえ》を越して国分寺の五重の塔が、日の光、月の光に見渡された。

人数に比べて室の数が多過ぎるので、寄宿舎は階上を自習室に当て、階下を寝室に当ててあった。どちらも二十畳ほど敷ける木造西洋風に造ってあって、二人では、少々淋《さび》しすぎた。が、深谷も安岡も、それを口に出して訴えるのには血気盛んに過ぎた。

それ処《どころ》ではない、深谷は出来る事ならば、その室に一人で居たかった。若《も》し許すならばその中学の寄宿舎全体に、たった一人で居たかった。

何かしら、人間嫌いな、人を避け、一人で秘密を味わうと云う気振《けぶ》りが深谷にあることは、安岡も感じていた。

安岡は淋しかった。何だか心細かった。がもう一学期半年辛抱すれば、華やかな東京に出られるのだからと強いて独り慰め、鼓舞していた。

十月の末であった。

もう、水の中に入らねば凌《しの》げないと云う日盛の暑さでもないのに、夕方までグラウンドで練習していた野球部の連中が、泥と汗とを洗い流し、且《か》つは元気をも誇るために、例の湖へ出かけて泳いだ。

ところがその中の一人が、うまく水中に潜って見せたが、うまく水上に浮び上らなかった。余り水裡《うち》の時間が長いので賞讃《しょうさん》の声、羨望《せんぼう》の声が、恐怖の叫に変った。

遂《つい》に野球のセコチャンが一人溺死した。

湖は、底もなく澄み亙《わた》った空を映して、魔の色を益々《ますます》濃くした。

「屠牛所の生血の祟《たた》りがあの湖にはあるのだろう」

一週間位は、その噂で持ち切っていた。

セコチャンは、自分を呑《の》み殺した湖の、蒼黒《あおぐろ》い湖面を見下す墓地に、永劫《えいごう》に眠った。白い旗が、ヒラヒラと、彼の生前を思わせる応援旗のようにはためいた。

安岡は、その事があって後《のち》益々寂しさを感ずるようになった。室が広過ぎた。松が忍び足のように鳴った。国分寺の鐘が、陰に籠《こも》って聞えて来るようになった。

こう云った風な状態は、彼を稍々《やや》神経衰弱に陥れ、睡眠を妨げる結果に導いた。彼とベッドを並べて寝る深谷は、その問題についてはいつも口を緘《かん》していた。彼には全で興味がないように見えた。

どちらかと云えば、深谷の方がこんな無気味な淋しい状態からは、先に神経衰弱に罹《かか》るのが至当である筈《はず》だった。

色の青白い、瘠《や》せた、胸の薄い、頭の大きいのと反比例に首筋の小さい、ヒョロヒョロした深谷であった。その上、何等の事件のない時でさえ彼は、考え込んで許《ばか》りいて、影の薄い印象を人に与えていた。だが、彼はベッドに入ると直ぐに眠った。小さな鼾《いびき》さえかいて。

安岡は、普段《ふだん》臆病そうに見える深谷が、グウグウ眠るのに腹を立てながら、十一時にもなれば眠りに陥ることが出来た。

セコチャンが溺死して、一週間目の晩であった。安岡はガサガサと寝返りを三時間も打ち続けた揚句《あげく》、眠りかけていた。が、未《ま》だ完全には眠ってしまわないで、夢の初めとか現《うつつ》の終りかの幻を見ていると、フト彼の顔の辺りに何か感じた。彼の鋭く尖《と》がった神経は針でも通されたように、彼を冷たい沼の水のような現実に立ち返らせた。が、彼は盗棒《どろぼう》に忍び込まれた娘のように、本能的に息を殺しただけであった。

やがて、電灯のスイッチがパチッと鳴ると同時に室が明るくなった。深谷が寝台から下りてスリッパを履いて便所に行くらしく出て行った。

安岡の眼は冴《さ》えた。彼は、何を自分の顔の辺に感じたかを考え初めた。

――人の息だった。体温だった。だが、此室《この》には深谷と自分とだけしか居ない。

深谷が俺の寝息を窺《うかが》う訳がない。万一、深谷が窺ったにした処《ところ》で、若《も》しそうなら電灯のついた時彼が寝台の上にいる筈がない。そしてあんなに大っぴらに、スリッパをバタバタさせて出て行く筈がない。第一、何のため深谷が俺の寝息なんぞ窺う必要があるのだ！　俺は神経衰弱をやっているんだ。幻だ。夢だ。錯覚なんだ！——

こう思って彼は自分自身を納得させて、再び眠りに入ろうと努めた。

深谷が直ぐ帰って来て、電灯を消した。そしてベッドに入ると、間もなく微《かす》かな鼾さえ立て初めた。

安岡は自分の頭が変になっている事を感じて、眼を瞑《つぶ》って息を大くして、頭の中で数を数え初めた。

一、二、三、四、

五十一、五十二、

四百、四百一、四百二、

千二百十、千二百十一、千二百十二、

彼のやや沈静した頭が、千二百十二を数え終った時、再び彼は顔の辺に、人間の体温を感じた。が、彼は今度はいきなり冷水を打《ぶ》っかけられたように、ゾッとはしたが千二百十三、千二百十四と、珠数《じゅず》をつまぐるように数え続けた。そして身動き一つ、睫毛《まつげ》一本動かさないで眠りを装った。

電灯がパッと、彼の瞼《まぶた》を明るく温めた。

再び彼の体を戦慄《せんりつ》がかけ抜け、頭髪に痛さをさえ感じた。

電灯がパッと消えた。

深谷が静かにドアを開けて出て行った。

――奴は恋人でも出来たのだろうか！――

安岡は考えた。けれども深谷は決して女の事など考えたり、況《ま》して恋などする程成熟しているようには見えなかった。寧《むし》ろ彼は発育の不充分な、病身で内気で、たとい女の方から云い寄られたにしても、嫌悪の感を抱く位な少年であった。機械体操では、金棒に尻上《しりあが》りも出来ないし、木馬はその半分の処までも届かない程の弱々しさであった。

安岡は、次から次へと深谷の事について考えたが、どうしても、彼が恋人を持っているとは考えられなかった。それなら……盗癖でもあるのだろうか？

だが、深谷は級友中でも有数の資産家の息子であった。それにしても盗癖は違う、いくら不自由をしない家の子でも、盗癖ばかりは不可抗的なものだ。だが、盗癖ならば先《ま》ず彼がその難を蒙《こうむ》るべき手近にいた。且《か》つ近来《きんらい》学校中で盗難事件は更《さら》になかった。

下痢か何かだろう。

安岡はそう思って、眠りを求めたが眠りは深谷が連れて出でもしたように、その室の空気から消えてしまった。

怖らく、二時間、或《あるい》は三時間も経ってから深谷は、隙間から忍び入る風のように、ドアを開けて帰って来た。

室へ入ると、深谷はワザと足音を高くして、電灯のスイッチをひねった。それから寝台へ藻潜《もぐ》り込む前に電灯を消した。

安岡は研ぎ出された白刃のような神経で、深谷が何か正体を摑《つか》む事は出来ないが、凄惨《せいさん》な空気を纏《まと》って帰った事を感じた。

――決闘をするような男じゃ、絶対にないのだが――

安岡は、そんな下らない事に頭を労《つか》らすことが、どんなに明日の課業に影響するかを思って、再び、一二三四と数え初めた。が、彼が眠りについたのは、起きなければならない一時間前であった。

その次の夜であった。

安岡は前夜の睡眠不足でひどく労《つか》れていたので、自習をいい加減に切り上げて早く床に入った。そして、妙な素振りをする深谷の来る前に眠っちまおうと決心した。

「でなけりゃ、迚《とて》もやり切れない」

と思った。だが、そう思えば思うほど、猶更《なおさら》寝つかれなかった。室が、そして寄宿舎全体が淋《さび》し過ぎた。おまけに、何だか底の知れない泥沼に踏み込みでもしたように、深谷の挙動が疑われ出した。

深谷は、カッキリ、就寝ラッパ——その中学は一切をラッパでやった——が鳴ると同時にコツコツと、二階から下りて来た。

安岡は全く眠った風を装った。が、眠れもしないのに眠った風を装うことは、全く苦しい事であった。だが、何かしら彼の心の底で好奇心に似た気持が、彼にその困難を堪えしめた。

深谷は、昨夜と同じく何事もないように、ベッドに入ると五分も経たない中《うち》に、軽い鼾をかき始めた。

「今朝はもう出ないのかしら」と、安岡は失望に似た安堵《あんど》を感じて、ウトウトした。

と、又、昨夜と同じ人間の体温を頬の辺に感じた。

「確かに寝息を窺ってるんだ！」

だが、彼は今まで通りと同じ調子の寝息を、非常な努力の下に続けた。

パッと電灯がついた。そのまま深谷のスリッパがバタバタと扉の方に動いた。が、深谷は扉の前でそれを開くと、そのまま振り返って、安岡の方をジーと瞠《みつ》めた。その顔の表情は何とも云えない凄《すご》いものであった。死を決した顔！　か、死を宣告された顔！　であった。

彼は安岡が依然のままの寝息で眠りこけているのを見澄すと、今度は風のように帰って来て、スイッチを捻《ひね》らないで電球を捻《ねじ》って灯を消した。

そうして開けた扉から風のように出て行った。

安岡はそれを感じた。直ぐに彼は静かに上半身を起して耳を澄ました。

木の葉を渡る微風のような深谷の気配が廊下に感じられた。彼は矢張り静かに立ち上ると深谷の跡を附けた。

廊下に片っ方の眼だけ出すと、深谷が便所の方へ足音もなく駆けて行く後ろ姿が見えた。

「ハテナ。矢っ張り下痢かな」

と思ううちに、果して深谷は便所に入った。が安岡は作りつけられたように、片方の眼だけで便所の入口を見張り続けた。

深谷は便所に入ると、扉を五分許《ばか》り閉め残して、その隙間から薄暗い電灯に照らし出された、ガランとした埃《ほこり》だらけの長い廊下を覗《のぞ》いていた。

「矢っ張り便所だったのか。それにしては何だって人の寝息なんぞ窺いやがるんだろう。妙な奴だ」

と、安岡が五分間許り見張りに痺《しび》れを切らして、ベッドの方へ帰ろうとする瞬間、便所の扉が少しずつ動くのを見た。扉は全く音もなく、少しずつ開き初めた。

深谷の姿は扉が殆《ほと》んど八分目所まで開いたのに見えなかった。全《まる》で扉が独り手に開いたようだった。安岡はゾッとした。

と、深谷の姿が風のように廊下に飛び出して、矢庭に廊下の窓から校庭に跳び出した。

安岡の体を戦慄がかけ抜けた。が、次の瞬間には、全で深谷の身軽さが伝染しでもしたように、風のように深谷の後を追った。

深谷は、寄宿舎に属する松林の間を、忍術使いでもあるように、フワフワと然《しか》も早く飛んでいた。

やがて、代々木の練兵場ほども広いグラウンドに出た。

これには安岡は困った。グラウンドには眼を遮る何物もない。曇っていて今にも降り出しそうな空ではあったが、その厚い空の底には月があった。グラウンドを追っかければ、発見されるのは決り切った事であった。

が、風のように早い深谷を見失わない為には、腹匐《はらば》ってなぞ行けなかった。で、彼は咄嗟《とっさ》の間に、グラウンドに沿うて木柵《もくさく》によって劃《くぎ》られている街道まで腹匐いになって進んだ。

街道に出ると、彼は木柵を盾にして、グラウンドの灰色の景色を眺めた。その時にはもう深谷の姿は見えなかった。彼は茫然《ぼうぜん》として立ち尽した。何故ならいくら風のように早い深谷であっても、神通力を持っていない限りそんなに早くグラウンドを通り抜け得る筈《はず》がなかったから。

「奴も腹匐いになって、障害物のない処《ところ》で見張ってやがるんだな」

安岡は、自分自身にさえ気取られないように、木柵に沿うて、グラウンドの塵《ちり》一本さえ、その薄闇の中に見失うまいとするようにして進んだ。

やや柵の曲った辺へ来ると、グラウンドではなく、街道を風のように飛んで行く姿が見えた。

その風の姿は、一週間前、セコチャンが溺死《できし》した沼の方へと飛んだ。

安岡は、自分が溺死しかけてでもいるような恐怖に囚《とら》われ戦慄《せんりつ》を覚えた。が、次の瞬間には無我夢中になって、フッ飛んだ。

道は沼に沿うて、蛇のように陰鬱《いんうつ》にうねっていた。その道の上を、生きた人魂《ひとだま》のように二人は飛んでいた。

沼の表は、曇った空を映して腐屍《ふし》の皮膚のように、重苦しく無気味に映って見えた。

やがて道は墓地の辺にまで、二人の姿を吹くように導いた。

墓地の入口まで先頭の人影が来ると、吹き消したように消えてしまった。安岡は同時に路面へ倒れた。

墓地の松林の間には、白い旗や提灯《ちょうちん》が、捲《まく》れもしないでブラッと下っていた。新らしいのや中古の卒塔婆《そとば》などが、長い病人の臨終を思わせるように痩《や》せた形相で、立ち並んでいた。松の茂った葉と葉との間から、曇った空が人魂のように丸い空間を覗かせていた。

安岡は匍《は》うようにして進んだ。彼の眼を若《も》しその時誰かが見たなら、その人は屹《きっ》度《と》飛び上って叫んだであろう。それほど彼は熱に浮かされたような、云わば潜水服の頭についているのと同じ眼をしていた。

そして、その眼は怖るべき情景を見た。

それは筆紙に表し得ない種類のものであった。

深谷は、一週間前に溺死したセコチャンの新仏の廓内《かくない》にいた！

彼のどこにそんな力があったのであろう。野球のチャン*が二人で漸《ようや》く載っける事が出来た、仮の墓石を、深谷のヒョロヒョロな手が軽々と持ち上げた。

その石を傍へ取り除《の》けると、彼は垣根の間から、鍬《くわ》と鋸《のこぎり》とを取り出した。

鍬は音を立てないように、然し眩《めまぐ》るしく、未《ま》だ固まり切らない墓土を撥《は》ね返した。

安岡の空《うつろ》な眼はこれを見ていた。彼はいつの間にか陸から切り離された、流氷の上にいるように感じた。

深谷は何をするのだろう？　そんなにセコチャンと親密ではなかった。同性愛などとは思いも寄らない仲であった。殆んど一口も口さえ利いた事はなかった！

軟かい墓土は傍に高く撥ねられた。そして棺の上は段々低くなった。深谷の腰から下は土の蔭《かげ》に隠れた。

キー、キー、バリッ、と釘《くぎ》の抜ける音がした。鍬で、棺の蓋《ふた》をこじ開けたらしかった。

深谷の姿は、穴の中に蹲《しゃが》み込んで見えなかった。

が、鋸が、確かに骨を引いている響が、何一つ物音のない微《かす》かな息の響さえ聞えそうな寂寥《せきりょう》を、鈍くつんざいて来た。

安岡は、耳だけになっていた。

プツッ！　と、鋸の刃が何か柔かいものに打《ぶ》っ衝《つか》る音がした。腐屍の臭が、安岡の鼻を鋭く衝いた。

生垣の外から、腹匍いになって目を凝らしている安岡の前に、徐《おもむろ》に深谷が背を延ばした。

彼は屍骸《しがい》の腕を持っていた。そして周りを見廻《みまわ》した。恰度《ちょうど》犬がするように少し顎《あご》を持ち上げて、高鼻を嗅《か》いだ。

名状し難い表情が彼の顔を横切った。と全で、恋人の腕にキッスでもするように、屍《しかばね》の腕へ口を持って行った。

彼は、うまそうにそれを食い初めた。

若し安岡が立っているか、跼《せぐくま》っているかしたら彼は倒れたに違いなかった。が、幸にして彼は腹匍っていたから、それ以上に倒れる事はなかった。

が、彼は叫ぶまいとして、いきなり地面に口を押しつけた。土は全でそれが腐屍ででもあるように、臭気があるように感じた。彼はどうして、寄宿舎に帰ったか自分でも知らなかった。

彼は、口から頰へかけて泥だらけになって昏々《こんこん》と死のように眠った。

朝、深谷は静かに安岡の起きるのを待っていた。

安岡は十一時頃になって死のような眠りから甦《よみがえ》った。

不思議な事には深谷も、未《ま》だ寝室にいた。

安岡が眼を覚した事を見ると、

「君の欠席届けは僕が出して置いたよ。安岡君」と、深谷が云った。

「ありがと」安岡は終《しま》いまで云えなかった。

「君は、昨夜、何か見なかったかい！」と、深谷が聞いた。

「いいや、何も見なかった」安岡の語尾は消えた。

「君の口の周りは、全で死屍《しかばね》でも食ったように、泥だらけだよ。洗ったらいいだろう。どうしたんだね」

深谷が、静かに言った。

が、その顔には、鬼気が溢《あふ》れていた。

それっ切り、安岡は病気になってしまった。その五六日後から修学旅行であった。深谷は修学旅行に、安岡は故郷に病を養いに帰った。

安岡は故郷のあらゆる医師の立会診断でも病名が判然《はっきり》しなかった。臨終の枕頭《ちんとう》の親友に彼は云った。

「僕の病源は僕丈《だ》けが知っている」

こう云って、切れ切れな言葉で彼は屍を食うのを見た一場を物語った。そして忌《いま》わしい世に別れを告げてしまった。

その同じ時刻に、安岡が最期の息を吐き出す時に、旅行先で深谷が行方不明になった。

数日後、深谷の屍骸が汀《みぎわ》に打ち上げられていた。その死体は、大理石のように半透明であった。


（一九二六、一二、七）

――「新青年」昭和二年四月

濁流

一

すこぶるうっとうしい、梅雨期の事だった。

「おい、ちょっと見てくれ。こんな米が食えるかい。真っ黒じゃないか。その上、虫が半分以上食ってるじゃないか。これで一俵十三両たあ無茶だよ」

と、大山が、広田に云った。

大山は飯場町で売ってる米と、組から配給する米とを、別々の紙に包んで持って来て、広田に見せたのだった。

それは、白米と玄米とほど違っていた。

広田は事務所に米がひど過ぎると云うことを取り次いだ。

その次ぎに来た米は、白いには白いが、妙に膨れ上ったような米で、どう云う訳だか、餅米《もちごめ》が混ぜてあった。餅米で粘りをつけなければ、バラバラになって、統制が取れない、と云う訳らしかった。

その次ぎに来た米は、工事場始まって以来、手のつけられない米だった。見たところは、それほど黒くもなかった。虫もついていなかった。が、臭いことがいけなかった。

石油のような匂がした。埃《ほこり》のような匂がした。はけの悪い下水のような匂がした。くさやの乾物《ひもの》見たいな匂もあった。空気の全《まる》っきり動かない中で腐った、と云う風な匂もあった。無茶苦茶に複雑な悪臭だった。

飯場では、方々で、飯の炊き方を工夫した。無茶苦茶に焦がして見た。竈《かまど》の下のオキをシャベルで一杯、真っ赤なまま、炊き上った飯の上へ振りかけて蓋《ふた》をして見た。醬油《しょうゆ》を打《ぶ》ち込んで炊《た》いて見た。

食わない訳には行かないので、――とにかく腹が空《へ》ってるので、――食うには食ったが、腹一杯食うと云う都合には行かなかった。

腹が空《す》き切っているのに、飯に向うと、胸がムカムカして、嘔吐《おうと》を催すなどと云う米が、この世の中にあると云うのは、殺生な話だった。

土方や坑夫は、長い生活の経験から、自分を誤魔化《ごまか》したり、諦《あきら》めたり、自分をなだめすかしたりして、食うには食った。

が、多くの飯場にいる子供たちには、どうしても喉《のど》を通らなかった。打《ぶ》ん殴られても食わない子供たちが多かった。

子供たちは、こう云う臭い米を、どこの百姓が作るのだろうか、と云う質問を、親たちに持ち出した。

日本の国中から集まり、海峡を越えて朝鮮から渡って来た労働者たちも、自分たちのところでは、こんな臭い米を作りはしない、と断言した。

「それどころか、お前、お前は未《ま》だ知らんが、朝鮮の米は香ばしいぞ。湯気が吹いて来ると、もうとても堪《たま》らんほどいい匂がするぞ。味が又とてもいいんだ。おれはこんな米を、どこの百姓が作るか知らんぜ」

日本の農村出の労働者たちも、各々の出身地に従って、「肥後米《ひご》」の自慢をするものもあったし、「秋田米」「越後米《えちご》」「山の田米」（信州の山間）の自慢をした。

そして、誰も、そんな悪臭芬々《ふんぷん》たる米なんか作る農民は、どこを探したっていないのであった。

にも拘《かかわ》らず、目の前にある飯は臭くて、とても食えたものではなかった。

大人たちは、この産地のない米が、どこからやって来たか分らないながら、いろんな想像をめぐらして、悪口をついた。

「近頃、刑務所は人間が殖《ふ》える一方だそうだ。そんな非国民に、腹一杯食われちゃ堪らんから、ワザと食えないように拵《こし》らえた米だろう」

「そんな米を、何だって工事場に持って来るんだ。俺たちゃ非国民じゃねえぞ」

「いや、刑務所だって……」

と云いかけて、最近釈放された許《ばか》りの、松井と云う土方が、アババをした。

子供たちは哀れであった。

次代の優良なる国民！になるかどうかは、何しろ人煙稀《まれ》な山間の、土方飯場の子供たちの事だから、保証の限りではなかったが、それにしても、目立って栄養が悪くなった。

私は兇暴《きようぼう》にも、臭い米を食わない、と云う理由で、二人の子供たち——私の子供たち——を殴ったのだった。

「お父さんだって食ってるのに、何故、御飯を食べないんだ。食わなきゃ参ってしまうじゃないか」

私の腹わたは、煮えくりかえるようだった。——代用食を与えればいいのに、牛乳だって余りよくは無いが、買えば買えないこともないのに、いや、米だって現金さえあれば、同じ値で、ほんとの米が買えるのに。——

ところが、現金と云うものは、風流気が無いと見えて、そんな山峡の不便なところへは、余り来たがらなかった。

極く僅《わず》かばかり来ても、慌てて逃げ出してしまうのであった。

丁度、その臭い米が、ゲルトネル菌みたいに、数十マイルに亙《わた》る工事場を跳梁《ちようりよう》している時に、私にとって、「まことに困った」ことが起った。

私が借りている四畳の間の、部屋続きの大家の家で、「瞬《また》く間に現金が十五円盗《と》られた」のであった。

「困ったことが出来ましたよ。畑さん」

と、大家の人のいいお爺《じい》さんが、私に云うのだった。

「組合から預った税金がねえ、一寸《ちよつと》、私が便所へ行っている間に、十五円失《な》くなったんですよ。念の為あなたにお話しといて、駐在所へ届けようかと思っていますけれどね。ここに置いておいたんですよ。ほら、この茶ダンスの棚の上ですよ。で、まことに困ったことは、その時、大山の子と、江部の子と、それに、まことに困ったことに、お宅の子供さんたち二人と、四人、この部屋で遊んでいたんですよ。疑ってはいけませんけれど、その四人のうち誰かだとは思わないではいられませんしね。まことに困ったことですが、どうも。なるたけなら、駐在に届ける前に、あなたに、その四人の子供たちに、訊《たず》ねて見て貰《もら》えないでしょうか。子供の出来心と云うこともあるし、いたずらと云うこともあるし、玩具《おもちや》のサツのつもりかも知れませんしね。駐在に知らせてしまっては、面倒ですからねえ」

「それは困りましたね。どうも、そいつは弱りましたねえ」

と、私は頭を抱えた。

私は芯《しん》から弱った。子供の時から人の物をとってはいけない、と教え込まれ、叩《たた》きこまれているので、私は、イタリーがエチオピヤをとったり、ドイツがポーランドをとったり、することだって、面白く思っていなかったので、

――ことによると、うちの子がとったのかも知れない――

と思うと、頭が急に熱くなって来た。

「こら、手前《てめえ》が盗んだんだろう、白状しちまえ！」

と云って、四人の子供たちの頭を、一人ずつ岩の陰へ引っ張り込んで、殴っちまえば、多分、子供のことだから白状するだろう。とは思ったが、私は白状させることを職業にしていないので、そんなことは考えただけでもテレてしまうのだった。

その日は、技師長が、東京から丁場の検査に来ると云う日だった。

「技師長は綺麗《きれい》好きだから、隧道《すいどう》の中に腿《もも》までも水の溜《たま》ってるような不始末をしといてはいけない。下水を作って水を排《だ》しとけ。なるたけなら掃いとけ！　じめつくところには、歩み板を置いとけ！　荷負《にな》いの坑木で頭を打たないように、押して来たところは、やりかえとけ！　大抵は県道を通るだろうけれど、あいつぁ鉄道省の古手で名うての意地悪で威張り屋だから、事によると丁場を、ほんとに通らんとも限らん。アラを見られちゃ堪らん。隧道のコンクリにクラック（ヒビ）が入ってた

ら、モルタルで塗っとけ！」

未だ、とても数え上げる事の出来ない程の註文《ちゅうもん》が、組の方から来ていた。

私たちの働いてる丁場は、組からの註文の、どの欠格条項も「完備」していた。

「ローマは一日にして成らず」なんて誰も云いはしなかった。

が、もし、技師長が私たちの隧道を潜ると云うことになれば、腿までは浸《つか》らないにしても、膝《ひざ》までぐらいは浸って貰わない訳には行かなかった。

雨が続いたので、山が来た（崩れること）のだった。どんな坑夫だって斧指《ユキサシ》だって、雨を降らせる神通力は持ってなかった。降り止ませる方だって同じことだった。

それに技師長は綺麗好きでもあろう。

が、ズリ出しの土方や坑夫たちにしても、汚ないのや濡《ぬ》れるのが好きで、坑内に水を溜《た》めていたのではなかった。なにしろ、百間余りの隧道が、隧道ごと山と一緒に、河の方へ辷《すべ》って行こう、と云う風な物騒極まる土地柄であった。赤石山系と、中央アルプス山系を、切り割って流れる天龍《てんりゅう》川と云う、巨大な掘鑿《くっさく》装置がある為に、根を洗われるので、

「こりゃ駄目だ。組に行って、末口三尺の長五百尺の松丸太を千本、伝票を切って貰って来い。川向うから押さえなけりゃ法がつかねえ」

と、坑夫になるために生れて来たような、江部に嘆声を洩《も》らさせた程だった。

江部は、眼だけはカイゼルに似ていた。だがそれは眼だけであった。背は低かった。五尺そこそこだった。

そのことで土方に冷かされると、

「坑夫ってものあ、穴ん中で働くもんだ。徳利《とつくり》の栓じゃあるまいし、穴に蓋《ふた》をするような奴は、邪魔っけな許りだ」

それから彼は自慢話を始めるのだった。それは軍人でも、それ程多くは、生死の巷《ちまた》を潜らないであろう、と思われる程の、決死的な——抜けて来る山を、材料の来るまで、坑木の代りに肩で支えている——と云うような、冒険談の連鎖であった。

「末口二尺のダツでさえ、押し潰《つぶ》れるんだあな。俺だって相当縮んだもんだ」

と云って、カイゼルに似た眼を、ギョロリと剝《む》いて、笑いながら話を結んだ。

江部は、自分でも云ってるように、隧道の中で住むように、背が低く生れた。それと同じに性能もその為にだけ向いて、外の事にはさっぱり適用しなかった。一口で云えば、隧道の型枠《セントル》見たいになってしまっていた。

税務署の官吏が、税金の外の事は余り考えないように、銀行家が利子のことを許り考えるように、江部の生活は隧道の型枠になってしまった。

そして、何百本と云う水路や、鉄道の隧道を抜いて行くうちに、子供を九人生み、そのうち六人に死なれた。

「九人も生んだから、六人死んでも三人残ってるんだ。これで、たった五人しか生んでなかったなら、どうして六人も死なすことが出来るか。一人だって生き残らんじゃないか。足らんものが出来る。借金なら待って貰えるが、足らん子供は待って貰えんからなあ」

と云う風なことを云った。

それでも、江部にも一つの人生に対する態度と云うものがあった。

「動く」と云うのが、それらしかった。

「今より悪いことあ無い。今まではこれより良かった。今はどうだ。うまいこと云って、人を連れて来やがって、豚も食わんような米を当てがいやがる。鰊《にしん》も滅多に食えやしない。べら棒奴《ぼうめ》。大井川にも、木曾《きそ》川にも、信濃《しなの》川にも工事が出てるぞ。ただの坑夫をやったって、これよりゃましだ」

工事あるところ、われあり、と云う調子で江部は四国から九州、北海道から越後、日光と、居心地のよい処《ところ》を求めて、飛んで歩いたのであった。だが、どこへ行ったって、土方や坑夫に居心地のよい処は、ある筈《はず》がなかった。だから江部は尻《しり》が据らなかった。万年捨方《すてかた》であった。従って、女房子も飛んで歩いた。

一年に四度も五度も、小学校を転校していたのでは、江部の生き残った子も、成績優秀と云う訳には行かなかった。それどころではなく、そう云う飯場街に混っていても、殊に江部の一子には、丁場中のものが顔負けしてしまった位だった。

その子は、生れる時から変っていた。二人で一度に生れた男の双生児の、「生き残り」であった。「それにしてもあいつの悪さは、二人分以上だ」と云われる位だった。

本来ならば、尋常の四年に通う筈なのだが、未《ま》だ二年に上った許《ばか》りだった。これも隧道で働きよくなるためのように、親爺《おやじ》に似て背が低かった。腰から上は発育不良で弱々しかったが、腰から足へかけては、古代ギリシャの彫刻に見るように、見事に発達していた。

顔つきは乾柿みたいに萎《しな》びて、子供らしさが無かった。それがあるとあらゆる悪戯《いたずら》をやっつけた。

セットとタガネを持ち出して、丁場の上の方にある滝壺《たきつぼ》へ行ってると思うと、その岩盤に一尺位の穴をくるのだった。恐らく、手に、ダイナマイトや雷管などが入れば、正信——正信と云う名であった——は、そいつにハッパをかけたに違いない。

冬中、囲炉裏《いろり》で焚《た》く為の薪を、配下の子供等に持ち出させては、飯場の上の小山に小屋をかけた。小屋の屋根には私たちに部屋を貸している大家の、蜜蜂《みつばち》の小屋の屋根を、二つともへっぱがして持って行った。

正信に苛《いじ》められたり、手先きに使われたりすることで、子供の親たちが正信を殴ったりすると、自転車を担ぎ上げる以外に通ることの出来ないような、山道の途中で登校を待っていて、子供たちを打《ぶ》ん殴ったり、帰順を誓わせたりした。法がつかないので、親の江部に持ち込むと、「殺すなと、斬るなと、焼くなと、存分にしておくんな。わし等も手を焼いとるんじゃ。あんた等にやって貰《もら》やあ、わし等の方で助かるちゅうもんじゃ」

と、両親揃って答えるのだった。

大山の子は、尋常六年であった。父親は朝鮮で生れたのだが、その子の二郎は日本で生れた。成績もよく、悧巧《りこう》であった。腕白もしなかった。

が、父親が金を――学用品にでも――出してくれなかった。そのくせ、江部には百五十円も現金を貸して、直ぐにも二百円にして返して貰える夢を抱いて、この丁場に三夫婦と外に人夫八人を連れてついて来たのであった。借金は返してくれず、その上人夫たちの勘定までも七分、五分と云う、この丁場の勘定振りだった。

私の二人の子も、上の子は初めて小学校へ入学したのだったが、本を風呂敷《ふろしき》に包んで、弁当と一緒に腰につけて学校に通った。

下の子は、十町も離れた飯場街の、駄菓子屋の前に半日も立っていた。などと、仲間が連れて来てくれたりした。

こう云う次第だったので、子供たち四人とも、大家の大金に手をつけない、と断言は出来なかった。

米は臭くて、子供たちには辛抱の出来ない代物だった。菓子なんか無かった。

梅雨時で、戸外で遊ぶとズブ濡《ぬ》れになってしまった。飯場を順ぐりに押しまわって歩いた。学校は、雨が降ると休む事が多かった。一里半もある登山見たいな仕事は、雨が降ると大人にも難儀だった。

十五円の大金を取られた大家と云うのが、息子が発電所に運搬夫に行って、日給一円かっきり取って来るし、もう一人の息子とお婆さんは工事場相手に、按摩《あんま》をやっていた。

工事が始まった為に、一枚の田圃《たんぼ》を飯場に貸して地主になり、廂《ひさし》の四畳を貸して大家になったのであった。工事が済めば又元の貧農である。

それが、納税組合からか何かから、預った十五円と云う大金が失《な》くなったのであった。

重大なる事件であった。

何の為か、十五円か二十円の為に、娘を売ったり、若い男が自殺したり、家出をしたりする時代だった。

これは、その時、私の手に十五円あれば、それをお爺《じい》さんに返して、あとで、子

供たちに、

「紙っ切れでも、こんな風な質《たち》の紙っ切れは、大人たちが非常に大切に思い込んでいるものだから、子供は触らない方がいい。その為に、大人たちの間に、斬ったり斬られたりのケンカもあれば、大勢でワイワイ騒いだりするような事も起るし、学校で偉いと教えられているような人たちでも、その為にフン縛られるものがとても多いのだから」

と云って、そのままに済まして終《しま》うことが出来た。ところが、その時の私には、「そんな紙切れ」どころか、三銭の郵便切手の如き紙類すら、手に入れがたかった。私は世の中がいやになって、山の中で土方をやっているのだった。が、どのような山の中に逃げ込もうと、私にはその得体《えたい》の分らない、「金を崇拝する習慣」や、それがなくては現実の生活が破壊される、と云う事実から逃げ終《おお》せることが、出来なかった。

深々と、人間生活の終点まで逃げ了《おお》せたつもりだった私は、その頃、一日後れで届く新聞の一つの広告に、限りのない混迷を覚えた。

一つには、子供たちに泥棒の嫌疑を受けるような、慌ただしい、虚栄に満ちた都会生活を避けて、山中へ逃避したのにその山中に、それが待っていた。だが、世の中には、子供の為に、私とは全《まる》で違った基礎の上に立とうとする人もあるだろう、と思わないではいられない、一つの広告があった。

御子息ノ為ニ株式ノ信託

信託期間中ハ当社ガ代ッテ株主ト為《ナ》リ総《スベ》テヲ処理シマスカラ仮令《タト》エ浪費ノ癖アル御子息デモ之《コレ》ニ手ヲ付クルコトハ出来マセン

一　信託財産　某会社株式〇株
二　委託者　父
三　受益者　子息
四　期間　子息満四十歳迄《マデ》
五　所得ノ処理　当社ニテ配当金ヲ受取リ毎月生活費トシテ一定額ヲ子息へ送金ス
六　元本ノ処理　子息満四十歳ト為リタル時交付ス
七　同意者　天災其《ソノ》他万已《ヤ》ムヲ得ザル場合ニモ父死亡後ノ信託財産一部内戻ニハ伯父《オジ》某ノ同意ヲ要ス

（右ノ外未成年者ヤ未亡人等ノ財産ノ
信託ニ付テモ篤ト御協議申上ゲマス）
本　店　東京市○○区××二ノ一
電○○○（24）○一八一―○一八九
大阪支店　大阪市○区×××三ノ一
電○○（23）○五九六―○五九八

狂っている！　私がか？
そうかも知れない。
あれ等は紙の上に立っている。
だが、俺たちは、
大地の上に立っている。
仲間よ！　それを忘れるな。

　その日の日記に、私は、そう書いたように覚えている。自分の子を四十になるまでも、信用することの出来ないのが、「信託」を要する所以《ゆえん》か！　だが、私はひどく足を踏み外したものだ。

もちろん、私は、子供たちのうち、誰が大家の金を盗んだか、と云う不愉快な事件にかかわっている暇はなかった。技師長様のお通りだ。船長が船内巡視をやるように。役人が管内視察をやるように。看守が監房を廻《まわ》るように。だが、雨がひどくなって来た。

二

天龍が暴れ出して、その通路を通るようになると、技師長や役人が通るよりも、恐ろしいのであった。

大家の真下は天龍川であった。悪いことにはカーヴのつッかかりになっていた。

「こちら側の土地は毎年毎年減って行きます。私の家などは毎年天龍に、土地を取り上げられているのです」

と、大家のお爺さんは、私にこぼした。

この自然の執達吏が、恐ろしく口八釜《やかま》しく喚《わめ》き立てて、断崖《だんがい》の下で大玉石を転がしながら、大家の土地を齧《かじ》り取り出した。

何万坪と云う大袈裟《おおげさ》な土地が、中にもぐり込んだ隧道《すいどう》と一緒に辷《すべ》り出したり、何百万円かかけた、鉄筋コンクリートのダムが、ゴロッと引っくりかえったり、そんな暴れ方をしても、「現行犯」で、取って押える、と云う訳には行かなかった。

今に、そんな風に暴れ出すに違いない、と云う風な、降り方が始まっていた。風は峡の底まで届かなかった。

私たちは、河岸へ材料を運び上げに行った。隧道用の型枠《セントル》、ダツ、等々。それと、コンクリート用材料に、河原から砂やバラスを上げる為に敷いた、河原のトロの線路。そいつを流さない為には、十二番線の針金を、ジョイントに通して、岸の、やや、小高い処《ところ》に生えた樹の幹へ縛りつけねばならなかった。その為には、もう臍《へそ》の辺まで濁流に入らねばならなかった。

トロ台もトロ箱も、丁場まで捲《ま》き上げねば、ケーブルカーの線路は、本流に注ぐ、支流の河床を利用してあるのであった。

天龍の河原から、五六百尺上の丁場まで、四十度位の傾斜を十馬力のモーターで、捲き上げるのだった。が、バラスを八才《サイ》ドロに満載すると、モーターは唸《うな》るし、ヒューズはよく飛んだ。ウインチのベルトが外れた。

技師長は来るし、――こんなに降ったら多分来はしまいが――大家で金は失くなるし、洪水の予防や、セメント袋が雨に叩《たた》かれないように、着物（蓙《ござ》）も着せてやらねばならないし、草臥《くたび》れ切って、冷え切って、空《す》き切った胃の腑《ふ》には、むかつく米が待っているし、ロクな事はないところに持って来て、江部が、

「俺ぁもういやになった。ケツを割る」

と、彼の「動く」人生観を発表したのであった。

「兄弟、おらあ河原に材料あげに行くが、おめえ隧道の方は大丈夫だろうなあ」

と、私が江部の飯場に入ると、江部はセメント袋製の屋根を、意趣遺恨でもあるような眼つきで眺めて、土間に地下足袋《じかたび》を履いたままの足を投げ出し、雨洩《あまも》りが体中に落ちて来るのに、やっぱり仰向《あおむ》けにひっくりかえっていた。

「どうしたい、兄弟」

と、私が云うと、

「うん、兄弟。おめえカフスボタンを持ってるかい」

と、変な事を云い出した。

「え? カフスボタンかい。俺ぁそんなもなぁ持ってないが、ひょっとすると探したらあるかもしれない。が、カフスボタンをどうするんだい」

「カフスボタンが無きゃ、シャツの袖《そで》がタブタブして具合が悪いからのう。油断をしとると袖口から五寸も六寸も出て、手甲をはめたよりも長く延びて来るでのう。ワイシャツと云うもなぁ、どうしてあんなに手だけ長く拵《こしら》えてあるんじゃろう、のう」

冗談ではなかった。ワイシャツの袖が、何故無茶苦茶に長く、人を困らせる為のように出来ているかと云うような事を研究している時では無かった。

が、土方の間にあっては、洪水や、雨洩りや、技師長が来る事や、誰かが十五円盗《と》られたと云う事や、ハッパで怪我をしたことやは、日常の事であった。

話題の興味は、江部が、ケツを何故割らねばならぬか、この先きどうしようか、などと云うことにはなかった。たとい、引っ越しのドサクサ騒ぎの中でであろうと、「ワイシャツの袖と云うものは何故長過ぎるか」と云うような、彼等にとって、珍しい話題になると、それは徹底的に掘りくりかえされた。

日常の話は重苦し過ぎるのだった。それは日常の事であるのに、矢っ張り、それに「口」で触れると、苦い味がするのであった。

「ワイシャツの袖なんか、どうだっていいじゃないか。ボタンをどうするんだい」

と、忙しいので私は重ねて訊《き》いた。

「どうするかっておめえ、ワイシャツの袖につけるんじゃねえかよ。一度、ワイシャツのボタンをカラーのぼんのくぼの方に、つけたことがあったがのう。あれはやっぱり具合が悪いわい。お天とう様ぁ高いのに、坑内に入ったように首を抑えつけられるでのう」

雨は、恐ろしく大きな機械が、潤沢な油で規則正しく運転しているような、「シャー」と聞える複雑な音で、峡谷を包み、足の下の天龍川では奔流の濤声《とうせい》と、川底を転がる大玉石の地響がした。

もし、上流の発電所工事場の、築堤中のダムがこの水の為に、一部決潰《けっかい》するとなれば、数十マイルに亙《わた》る、鉄道工事に採取するバラス採取場の、いろんな施設、トロ台、線路、等々が流されてしまうか、埋まってしまうのであった。そして、それは一再ならず繰りかえされた。見えない機械の手は、その損害を労働者の脊中《せなか》に、そうッと載せた。

「いや」

と、私は江部に云った。

「カフスボタンをつけたワイシャツを着て、どこへおめえは出かけようってんだい。そいつを聞いてるんだ」

「うん、それか。先き線を見付けて来ようと思ってな。ここはもう第三導坑は貫通したし、こんな玩具《おもちゃ》みたいな隧道じゃ、もう俺のする仕事は無《ね》えよ」

と、江部は答えた。

事実、江部の技倆《ぎりょう》を待っているものは多かった。その渓谷の鉄道だけでも、百に余る隧道があると云われていた。それも、支えても支えても押し崩して来る、バラスの埋積みたいな地質のもあれば、粘土質のもあり、そうかと思うと、滅茶《めちゃ》に堅くて、ハッパ穴の周りだけが少し壊れて、外の処《ところ》はコソク（外《はず》す）しようにもどうしようにも、手がつけられない、と云った風の岩盤もある、と云う風だった。

江部は、それ等のどんな隧道でも、自分がその隧道の内部から生れでもしたように、感で岩質をつき止めるのだった。

そう云う人間を抱える、と云うことは、親方にとっては、金儲《かねもう》けの機械を抱え込むのと同じであった。

だから、江部は自分から口を探さなくても、隣丁場からも「見るだけ見てくれ」と頼まれたりしているような、塩梅《あんばい》だった。

そして、江部程、欺《だま》しいい男はなかった。彼は五十年の生涯を、ただ、欺され続けて来た、と云っても言い過ぎはしない。尤《もっと》も、これは江部に限ったことではない、労働者や農民が総《すべ》てそうだ、と云うならば、それもそうだ。が、江部の場合では、仲間からでも欺された。と云うのは、彼は人の言をそのまま形容詞や、譬喩《ひゆ》までも信じたのだった。

非常にいい条件を彼は、彼を雇い度《た》いと思う親方に示される。すると、江部は、そのいい条件に惚《ほ》れ込んでしまう。その条件が自分に対して向けられたことも、それが実現の可能性があるかないか、旅費は一体どっちが出すのか、飯場を建てるとその費用は誰が負担するか、家族の旅費はどうなるか、などと云うことは、彼の頭にはテンデ浮んでは来ないのであった。

そのいい条件の下に、どう云う岩質と闘い、どんな素晴らしい進行能率を示すか、と云うことの空想に耽《ふけ》ってしまうのだった。

さて、来て見ると、彼の空想はメチャクチャな、困苦な現実に曝《さら》される。前の所より悪い位だ。ところで、彼は平気であった。

隧道《すいどう》の掘鑿《くっさく》に、「困難さ」がある間は、飯場に於《お》ける自分の暮し向きなどは、考える暇がないのだった。

第三導坑でも貫通させて、ホッとすると、ガヤガヤと、女房子が、暮し向きの事で、前々からウルサく云っていたな、と云うことに気がつくのである。

そこで、江部が「動き出そう」とする時には、親方の方でも、困難な場所はやってしまって貰《もら》った後なのである。

「動いて貰いたい」時に合致するのである。江部が自分から「暇をとる」と云うことになると、親方の負担は非常に軽減される。

もう、そこで、どんなに自分が契約と違う待遇をされたかと云うことは、彼の頭にはない。あっても先きの工事の未知の岩質に気をとられるのである。

カフスボタンをぼんのくぼのところに、くっつけたり、子供をどう云う風に「教育」するか、政治とはどんなものか、と云う風なことは考えないのである。教育や政治などと云うものは彼には見えなかった。セットを握ってタガネで穴をくると云うことが不可能である。見えないこと、知らないことに対しては、どのように、地殼爆破の名手である江部にしたところで、手がつけられないのであった。

こう云う江部に向って、人の世の打算を説くと云うのは、骨が折れた。

「だけどおめえ。今行ったんじゃ詰まらんじゃないか。出来形も出来ないし、金の廻《まわ》らない最中にケッを割るんじゃ詰まらないじゃないか」

「なあに、もう面倒くさくなったんだ。中山ぁうまいことを云って、おれを連れて来といて、話と現場はあべこべだし、その又中山だっていつケッを割るか分らん、と云うんじゃ、お互に怪我の少ないうちに、ケッを割った方がいいと思うんだよ。木曾川に又発電所が出来るんで、そこに丁組が、仕事にかかったから、俺に来ないか、と云って来てるんだ。見るだけでもいいから、一度遊びに来い、と云って来たんだ。だから暇を見て一ぺん行って見ようかと思ってのう。一週間ばかり暇を貰って、下の方の丁場を見がてら、岩村の方へ出て、峠を越して行こうと思ったが、おめえ、ワイシャツを着たら、カフスボタンがねえだろう。油断をしていると、ブラブラン出て来やがるんでのう。それで兄弟に聞いて見たのさ」

「だけどさ。それにしたって、今日これから行って来るってんじゃないだろう」

と、私が訊くと、

「雨でも抜ける程降らなけりゃおめえ、一寸《ちよつと》出かけられんでのう」

三

土方や坑夫の往来、出入りの頻繁さは、実に眩《めまぐ》るしい位であった。

「出船入船」と、これを呼んでいた。

江部が、「面倒くさくなった」のには、十分理由があった。

その一つの理由は、中山が「出来れば沢山人夫を連れて来い」と云うので、連れて来た大山飯場に関連していた。

中山は「連れて来い」と云っただけで、旅費の点には何にもふれていなかった。

江部は行きさえすれば、中山が何とかするだろう、と思ったので、中山が急《せ》き立てて、電報を続け様に打って寄越すので、前にも書いたように、大山が命よりも大切にしている、さながら汗の玉見たいな金を、百五十両借りたのであった。その金は、江部一家と、大山一家との大道中の費用に宛てたのだった。

汽車もない。電車もない。自動車も馬車も通らない。川舟だけは通うが、荷を積んで遡上《そじよう》すると云うことには莫大《ばくだい》な経費が要る。だからこそ、これから鉄道をつけようとする、その人跡稀《まれ》な、山岳と峡谷ばかりの地帯への、大家族の旅行と云うものは、都市生活者や、交通の便利な土地に住む人には、想像さえも困難であった。

頼るところの交通機関は、馬の背であり、人の背中であった。それに莫大な費用の要ることは当り前であった。
その費用が、江部の背中にのしかかったのであった。
その旅費の事については、中山はウンともスンとも云わなかった。訊《たず》ねても、
「わしの腹ん中にある。慌てるな。瘠《や》せても枯れても、これで親方と名がついてい
るんじゃ」
と、答えた。
この「瘠せても枯れても」の「親方」の、腹の中に、何があるのか、何しろ生き
ている人間の腹の中である。断ち割って見ると云う訳には行かなかった。
その上、この親方は、自分でも云うように、どう云う肩書がつこうとも、この
「親方」の名に有頂天になっていた。その為には、どんな手段も選ばない、と云う
風な「親方」であった。
どう云う訳だか、鍛冶《かじ》屋に拵《こし》らえさせた手斧《ておの》を、ヤスリと砥石《といし》とで、ギラギラ光
らかして、その刃の先きに、麻糸で編んだ――自分で叮嚀《ていねい》に編んだものである――
カバーをかけて、腰にブラ下げて、丁場を歩いた。
思うに、彼の頭から暦と云うものが抜け出してしまったのか、又は、一ケ所で停
まってしまったのであろう。
でなければ、監獄部屋の棒頭には、この「親方」は誂《あつら》え向きであった。

中山は、自分が「親方」であることを、示すために、「いいかね、分ったかね」と云う文句を、どの言葉の尻尾《しっぽ》にもつけた。

それでも、未《ま》だ人が「親方」と思わないでは困るので、妾《めかけ》を置いていた。妾宅《しょうたく》を置く程の親方ではなかったので、本妻と同居させていた。

鶏と人間とは、その性能や習慣が違うので、中山親方のバラックでも、いろいろとゴタゴタが起きた。尤《もっと》も、牝鶏《めんどり》だって、も一匹の牝鶏のトサカを突ッつくことがないでもないが。

中山が陰険な策謀を弄《ろう》して、その地位を守った、と云う事は中山自身の性格の中からだけ出たものではなかった。

中山が腰に手斧を提《さ》げて、自分のバラックを飛び出し、その又直ぐ後から妾が飛び出して、中山を丁場の方まで追っかけ廻す場面などは、中山に同情さえすべき情景であった。

何故かならば、若《も》し丁場で中山が妾に摑《つか》まって口説《くど》き立てられたならば、そこで働いている労働者たちの前で、中山は一度にボロを出して、威厳もクソもあったものではなくなるのだった。

「うまいことばかり云やがって、料理屋を出させるだとか、家を建ててやるだとか、月三十両は貯金をしてやるだとか、だまくらかしやがって、国へ帰るからと言ったって、五円の汽車賃も出来やしないじゃないか。親方だ親方だって云やがって、何が親方だ。世話焼きに毛が三本足りん位じゃねえか。汽車賃をくれ、わしは国に帰る。給料も、家も、料理屋も、綺麗《きれい》に棒引きにしてやらあ。ポン引き野郎！」

と云う風に、所構わずやり出すのであった。そいつをやられては敵《かな》わないので、若い妾の決意が強くて、丁場を四五丁も追っかけたと云うことになると、中山は隣腰に斧を下げた勇士は、妾の姿を遠くに見ると、どんどん逃げて行くのだった。若し、妾の決意が強くて、丁場を四五丁も追っかけたと云うことになると、中山は隣丁場から、又その隣丁場と、隧道を幾つも抜けて、とうとう発電所の方まで避難して、そこで友達の飯場か何かに上り込んで、一日飲み暮してしまうと云う風であった。

いよいよ中山が、どこにも姿を見せないと云うことになると、

「畑さん、五円貸して頂戴《ちょうだい》。わたしぁとても辛抱が出来ないから」

と云う風な皮切りに始まって、中山の妾は道具箱の中からロープを引っ張り出すような具合に、後から後から、中山親方の家庭事情を恥も外聞もなく暴露するのだった。

それは正に同情すべき話であったが、うっかり、よしんば持ってたって五円貸すと云う者はなかった。そんなことをしようものなら、後で中山と仲直りをした場合――必ず仲直りをするに決っていたので――

「畑さんは、わたしがあんたの悪口を云ったら、『そうだとも、奴は未だそれ位のもんじゃない』丁場ではこうこう、だの、さんざん悪口を云って、わたしを焚《た》きつけといて、その上逃げろ、と云って無理に五円、わたしに握らせたのよ」

と云う風な事を、中山に云うのである。すると中山は、カンカンに憤った上へ、又カン酒を二三杯呷《あお》って、五円札を皺《しわ》クシャに握り潰《つぶ》して、手斧を下げたまま、飯場へ呶《ど》鳴《な》り込もう、と云う寸法であった。

中山の妾は又、五円貸してくれた者に恨みを持つ訳ではなかったが、ただ、そう云う風に話した方が調子がいいから、そう云う風に話した、と云うだけの話であった。

こう云う調子であった。そして、その調子を誰も飲み込んでいたのだった。たとえば、真夜中に中山のバラックで、女の——本妻と妾との——悲鳴が上り、器物を投げつける音に続いて、戸障子が倒れ、ドスンドスンと云う鈍い音が起り、子供の裂くような叫び声が上った。としても、——しょっ中のことだが——滅多に誰も顔を出さないのだった。それが、もう大抵起きて飯を炊かねばならぬ時分まで続いたとすれば、序《ついで》の事だから早目に起きて、顔を出すのだった。

その翌朝は、本妻が川向いの工事場の医者から、繃帯《ほうたい》を捲《ま》いた手を首から下げて帰る、とか、何とか、そう云う風な証拠が上るのだった。

これが、あらゆる努力を傾けて守られる、「親方」の家庭生活の内容であった。それ等の内容が、土方や坑夫の背中に、岩盤と共に乗っかっていたのである。

四

大山の子の二郎は、江部の子の正信に、茶ダンスの上から取らせた、十五円余りの金をもって、正信を連れて、T峡まで、雨の中を「電車」で遊びに行った。天下の名勝のT峡も、日本中の工事場を親について歩いた二郎には、風景としては一文の価値も無かった。その代りに、そこにある遊覧施設や売店の方が、魅力があった。

二郎は頗《すこぶ》る自然な顔付きで、仁丹の五十銭包みを二つ買った。その一つは江部の子の正信にやった。

その外に、運動靴や、鉛筆、手帳、どう言うつもりかハンケチを二枚、こう云う風なものを駅前の売店で買った。

駅前のウドン屋で、肉うどんを正信と二杯ずつ平らげて、そのまま、電車で帰って来たのであった。

後で駐在所で、被害者の大家に話したところを聞くと、その使った金の残りの十三円なにがしかは、櫓《やぐら》橋（発電所の重量運搬用のケーブルカー線路）の、枕木の間の砂中に埋めて置いたのだそうだった。

「ほら触って御覧なさい。五十銭玉は砂でザラザラだし、紙幣は湿ってるでしょう。中々どうして大したやり方です。と、駐在所が云いましたよ」

と、大家は私に云った。

私は、大家の金が、大した被害なく戻ったことを、大家のためにも、大山の子のためにも喜んだ。

が、二人の子が仁丹を買った、と云うことに、涙を押えることが出来なかった。誰もそんな臭い米を作りはしないのに、どうしてか、そんな臭い米をデッチ上げて、米の外には栄養を取り得ない階級に、その臭い米を押しつける者に対して、私は憤りを押えることが出来なかった。

飯場の上の道路には、豪雨の為の水溜《みずたま》りが出来た。そこへ白い線を描いて落ちる雨は、水溜りの水面へ、温泉のマークにそっくりなはねかえしを、一滴一滴上げた。支流の湧き泉から取っている、私たち一群の飯場部落の飲用水は、乳色に濁った。

この水が濁ることは十年に一度もない、と大家は云っていた。

「もし、この水が濁ったら、天龍は大洪水になる」と云われている、とも、大家のお婆さんは云った。

私たちは隧道《すいどう》用材料などを、県道近くまで引き上げた。引き上げるうちにも、水はどんどん増して来た。

新婚早々の酒村は、末口二尺のダッを三人がかりで、背負い上げたが、足下の河石が苔《こけ》でヌルヌルしていたので、滑って天龍へ嵌《はま》った。そしてひどく腰骨を打った。笑ったり、冷かしたり、冗談を云ったり、同情したり、してはいられなくなって来た。

天龍とはよくも名づけた、と思われるように、川面《かわも》は赤濁して、海の暴化《しけ》る時と同じように怒濤《どとう》を上げ、飛沫《しぶき》をはね、黒いものを、浮かしたり沈ませたりして押し流した。

何とも云い難い声で、天龍は吠《ほ》えた。河底では地響きが、流れる大小の石の為に、唸《うな》るように頭の芯《しん》に響いて来た。

材料上げが殆《ほとん》ど終ろうとする時分に、濁ってうねりになって、流れると云うよりも、赤褐色の雪崩とも云うような河面に、夥《おびただ》しい材木だの、板だの、そっくりそのまま屋根の形をしたのだの、橋の材料だのが、群がって流れて来た。

私たちは、全身濡《ぬ》れ、寒さにガタガタ顫《ふる》えながら、濁流の表に見入っていた。

「あ、橋桁《はしげた》が流れて来た」

「おうい、ありゃあ飯場の屋根だぞ」

シャーッ、と聞える雨の音と、川面の怒濤の轟音《ごうおん》と河底の鈍い響きとを裂いて、甲高い警鐘が鳴り出した。

どこかしら、上流で、橋が流れ、飯場が流れている、と云う風な心持ちは、裂くような警鐘の甲高い音で、一度に人々の頭から追いやられた。

川向うのバラス採取場では、モーター小屋も、ポンプ小屋も、すっかり傾いて、濁流の面に僅《わずか》に頭を出していた。

幾十年、或《あるい》は数百年も経るであろう、胡桃《くるみ》の大木の根から幹の方へかけて、濁流は盛り上り、膨れ上って来た。

対岸の山襞《やまひだ》は、いつの間にか、数百尺の滝になって、土砂と共に落ち始めた。

立っている地面が、河流に逆らって、非常な速力で上流に向って走っているようにも思われた。

「何もかもオジャンになるんじゃないか」

と云う風な、恐怖を超えた、捨てっぱちな気持と、未《ま》だ、自分たちが流れた訳ではない、と云うような気持とが、ガタガタ顫える寒い体の芯に食い込んだ。

私たちは引き上げねばならなかった。

捲き上げの線を敷いてある、支流のA川が噴くような滝に変ったからであった。

山も、森も、谷も、河も、支流も、一切がその表情を変えてしまった。

大自然が、癇癪《かんしゃく》を起こすと云う訳はあるまいが、われわれから見ると、どうしても、大自然が、何か、どうにも肝に据えかねて、辛抱し切れなくて、メチャクチャに暴れ出したのだ、としか思われなくなった。

私たちは心身共に疲れた。

飯場に帰って、体を乾かし、休めねばならなかった。が、帰った飯場には、休養が待ってはいなかった。

大山の飯場は、流れにその足を洗われた。

大山の飯場は女子供まで、総動員で、一段高い花田の飯場に、家財道具から、豚、鶏、山羊《やぎ》などを運び込んでいた。

丁場は、長い間かかって、埋め戻したところは、押し流されて、土砂は上から、飯場へ雪崩れ込んだ。

組の倉庫にも水がついた。

セメント倉庫を、水から守る為に、土方も坑夫も総動員された。が、飯場は流失に瀕《ひん》していた。

見ていると、濁流の一部が、流れるでもなく、逆捲くでもなく、静かな海面の波打際のように、飯場の柱を洗っているのだった。

一寸増すかと思うと、五分に減る、と云う風にであった。

家が安全なところに立っている、村の住民は、又手網を持って、樹の枝の間や、飯場の床下に、濁流に酔った魚を漁《すなど》っていた。

年功を経た尺に余る、河鱒《かわます》や赤魚、鮎《あゆ》なども、濁流と、奔騰《ほんとう》に堪えかねて、樹の枝の間や、飯場の床下や、静かな澱《よど》みに流れついて、避難していたのだった。

水は刻々に増して行った。

大山の飯場は、船長気取りで、最後までガン張っていた大山の腰まで水浸しにして、とうとう大山を追い出した後で、別に大袈裟《おおげさ》な音を立てるでもなく、至極あっさりと、飯場を材料に解きほぐして、濁流の中に浮べた。暫《しばら》く大山の目の前で、ノタノタと、不規則に波打っていたが、いつの間にか流れてしまった。

今まで、自分たちが、そこに住んでいたなどとは考えられないような、河流の一部に、そこは変ってしまった。

足の下は、ヒタヒタと増したり、引いたりする泥水だった。そこから十間も沖は、激流が、大きな獣が尻尾《しっぽ》でも叩《たた》きつけるようなはねかえしを上げ、あらゆるものを、浮べたり沈めたりしながら、押し流した。

上流にある工事場、堰堤《えんてい》ではモーターを十八台も流した、と、急に県道を駆け足で右往左往する労働者たちが話した。

「飯場が七軒流れた」

「橋が一本流れて、一つは橋脚がブランブランになって、跳ねている」

「電車の営業線に山が来た。県道も一緒に流された」

「駅の下の崖《がけ》が孕《はら》んで、今にも抜けて来そうだ」

「擁壁が倒れた。飯場が二つ、下敷きになった。今の処《ところ》、死傷者があるかどうかは、未だ分らない」

「下流の方では隧道が三本、全《まる》っ切り駄目になったそうだ。県道が三百メートル、天龍へ抜けちまったそうだ」

と、あらゆる情報が、人々を脅した。

自然の暴威そのものは、それとして大きな被害を与えるのだったが、その次ぎに来るものは、工事場一帯に亘《わた》る食糧難であった。飢餓！　黒い米も、臭い米さえも、瞬間にして食い尽して、その補給が出来ない、と云う、字義通りの飢饉《ききん》が来るのだった。

往古から、飯米不足、飢饉、暴動などの伝説、歴史に富む峡谷地帯であった。

その峡に数千の労働者が入っていた。

そして、閉された交通、産業、文化などを、開くための、その工事は日本一の難丁場だと云われていた。

自然に対しての、人間の闘争！　それは今一時、自然によって復讐《ふくしゅう》された。

開かれんとする交通機関は、今、完全に杜絶《とぜつ》してしまった。

江部の出発も消えてしまった。

江部はもう、戸外で降るのよりも、もっと大粒な、もっと集まって流れる地下水の落ちて来る、隧道《すいどう》の中に入っていた。

それを決潰《けっかい》させては、江部の面目にかかわるのであった。

中山は、ギラギラ光る手斧《ておの》なんか、どこかへ置き忘れて、丁場中を呶鳴《どな》って歩いた。

が、中山の声なんか、自然との闘いに夢中になっている労働者には、耳に入りはしなかった。

広田と私とは、セメント倉庫の防水に駆けつけた。

土俵を作るもの、運ぶもの、積む者。

天龍の濁流は、積み上げる土俵と、争うように盛り上って来、打《ぶ》っ衝《つか》って来る。

一町とは距《へだ》たぬ上流に、Y発電所の半ば打ち上げたダムが、天龍の如き濁流、激《げき》浪《ろう》と闘って、恐しい滝をなして落ちている。

それは、噴いているようだった。

ダムの直下の、吊橋《つりばし》は、岩盤に突っ張った足を、増水のため洗われて、踏み外した。

その巨大な橋脚は、濁流で火傷《やけど》でもしたように、その足を跳ねた。激浪の波頭が叩くたびに、その足を跳ねた。

が、上から何百貫の重みで押えている、ワイヤロープの重みと、もう一本の、踏みこたえている残った足の為に、流れることも出来ないで、いつまでもびっこの足のように、跳ねていた。

今度は、流される、今度は折れる、今度は捥《も》げる。

と、橋の袂《たもと》に立った群集は、雨に濡《ぬ》れるのも忘れて、自然の豪壮な闘争に見入っていた。

労働者たちは、その全力を挙げて、各々の部署を守った。

豪雨、洪水の日は暮れた。そして、雨は益々《ますます》強く、洪水は益々その暴威を逞《たくま》しくした。

食糧は、その糧道と共に絶えた。

農民は、その持っている米や、稗《ひえ》や、粟《あわ》、団栗《どんぐり》、コンニャク玉、ソバ、等々、総《すべ》てのものを、労働者たちに融通した。

労働者たち、江部、大山、私、広田、等々何千の個性、善悪、義理不義理、仲の良し悪し、そう云うものは吹き飛んでしまった。

峡谷一帯に住む、労働者、農民、川舟船頭、杣人《そまびと》。

それ等は、自分自身を救う為に、一つになって、リレー式に救援隊を組織した。

自分自身を護《まも》る為には、自分たちを護らねばならなかった。一人は無力であった。

豪雨によって、決潰された道路を、応急修理しながら、糧道を拓《ひら》く、労働者と農民たちの簑笠《みのかさ》、半天の姿が、半原始の峡谷の断崖《だんがい》に、原始の闇夜を破って、アセチレンランプや、カガリ火の光に、見られた。

人類の光を護る共同作業のように。

（一九三六・五・二六）

――「中央公論」昭和十一年七月

氷《ひ》雨《さめ》

一

暗くなって来た。十間許《ばか》り下流で釣っている男の子の姿も、夕暗《ゆうやみ》に輪廓《りんかく》がぼやけて来た。女の子は堤の上で遊んでいたが、さっき、

「お父さん、雨が降って来たよ」

と、私に知らせに来た。

「どこかで雨を避けておいで」

と返事をしたまま、私は魚を釣り続けていたのだが、堤には小さな胡桃《くるみ》の木以外には生えていなかった。それも秋も深んだ今では、すっかり葉を落してしまって、裸で立っているのだった。

兄の方が、釣り竿《ざお》を堤防の石垣の穴にさし込んどいて、

「こうして屋根を葺《ふ》くんだよ」

と云って、堤の上に乾してあった乾草を胡桃の枝に渡して、屋根を葺いてやった。

多分この乾草は、軍に献納した馬糧の残りであろう。その一ヶ月前位に、農民たちは腹までも川の水に浸《つか》って、三角洲《さんかくす》に生えた丈の長い草を苅《か》りに、川を渡って行ったのを私は見ていたから。

いつもなら、子供たちは、「もう帰ろうよ、暗くなったじゃないか」だとか、「お父さんは未《ま》だお腹が空《す》かないの」とか云って帰りをせき立てるのだが、今日は「帰ろう」とは云わなかった。

高原の秋は寒かった。日は暮れ、雨さえも降り出したので、寒さは又増した。子供たちの心の中にも心細さが増したであろう、と云うことも私には分っていた。

私は尺に近い赤魚を、サンザン苦労して引っ張り上げ、魚籠《ビク》に入れる直前に落した。

私の心の中は「心細さ」と云うような感じはなかった。そんな風に一色では片附けられる感情ではなかった。魚を落すのも、私の心が一《ひ》と所に落ちついていないからだった。

このような夕暮が、私たちの上に襲いかかるであろう、と云うことは、昨日や一昨日から予感していた事ではなかった。もっともっと永い前から分っていた事であった。だが、それに対応する策を個人的に取る事が出来ると云うような事柄ではなかった。

私は頭の中に湧き起って来る、様々の懸念や妄想を、釣りをする、と云う事で追っ払う為になるべく人の居ない——たとい魚は釣れなくとも——処《ところ》を選んで、来るのが慣わしであった。

その日は昼食を食ってから、私たち親子三人は、私と息子は釣りをする為に、娘は蝗《いなご》を捕るために、家を出たのだった。

そして、家を出る時に、小学校に今年上った女の児が、

「お母あさん。もうお米がないのね」

と、米櫃《こめびつ》を覗《のぞ》き込んで云ったのだった。

日曜だったので、小学校四年の男の子も、私もそれを聞いていた。私の場合では聞かなくても知っていた。その為の打開策を、もう三年以上も考えあぐんでいたのだった。

が、子供たちには、その日、米櫃が空になっていることが、何かギクッと来たらしかった。

町中の雰囲気や、駅頭の雰囲気と、子供たちの生活の本拠の家の中の雰囲気とが、何か違ったものを感じたのであろう。

華々しいもの、潔いもの、勇壮なもの、そう云ったものから、子供の家へ帰ると、ひっそりと沈んだ冷え冷えとしたものが、両親の体臭のように、家中を靄《もや》のように

立ちこめていた。

子等は生れると直ぐから、決して裕福には育たなかった。裕福などころか、転々として居を追われる両親に附いて、町から村へ、山へ峡谷へと、土方や坑夫の間を、ひどく簡素な生活の間を生い育った。米櫃が空だなどと云うことは日常の事であった。

だが、今度ばかりはどこか違う、と云うことを、動物的に直感したらしかった。その内容は子供等に解る訳もなかった。その両親の私たちにも解らなかったから。

二

雨が強くなって来た。

自分の持っている釣竿は未だ見えた。が、餌箱の中の餌の「チラ」がもう見えなくなった。釣針も見えなくなった。ピクッとかかったので糸を上げても、どこに魚がかかっているのかも見えなくなった。

もう、釣りも駄目になった。

私は、「親子心中」をする人たちの、その直前の心理を考えていたことに気がついた。

足の下には、日本の三大急流の一つが、セセラギ流れていた。減水していたので、豪宕《ごうとう》たる感じはなかった。が、それでも人間の十人や百人呑《の》んだところで、慌てると云う風な河ではなかった。

暗い中に流していたので、鉤《かぎ》が木工沈床の鉄筋か玉石の間か、流木かに引っかかってとれなくなった。

首筋には雨が伝わって来た。

釣竿を寄せ、竿頭《かんとう》からテグスを摑《つか》むと、私は力まかせに引っ張った。テグスは竿頭から三分の一位の処《ところ》で切れたことが、手さぐりで分った。

「サア、帰ろうぜ」

と、私は子供たちに声をかけた。

「帰るの、帰ろうねえ」

と、子供たちは下流から声を合せた。

だんだん強く降って来た雨で、私たちは濡《ぬ》れていた。体が寒く凍えて来た。私はカジカンだ手で竿を畳み、子供たちの方へ堤の上を歩いて行った。

兄妹は五尺にも足らぬ胡桃の木の下に、二尺角位に乾し草の屋根を葺いて、その下に雫《しずく》で背中を濡らしながら、木の幹を抱き、向き合って蹲《しゃが》んでいた。

「竿はどこへやった？」

と、私が訊《き》くと、

「ほら、そこにあるよ」

と、上の子が出て来た。

「ああ、分った、分った」

私は子供の竿《さお》を抜きにかかったが、元の方の二本が固くて抜けなかった。

「これは抜けないや。濡らしたから緊《しま》っちゃった。お前担いでおいでよ」

「うん」

「ほら、こんなに釣れたよ」

魚籠《ビク》を解いて腰から外し、子等に持たせた。魚の形が割合に大きかったので、数の割合いに目方は重かった。

暗い闇の中で、魚の腹が白く光っていた。

「サア帰ろう。寒かったかい」

私は「腹が空《へ》ったろう」と云いかけて口をつぐんだ。

「ちっとも濡れなかったよ。お父さん兄さんが小屋を拵《こし》らえてくれたから。ねえ、兄さん」

「いつ小屋を葺《ふ》くことなんか覚えたんだい、お前は？」

「戦争ごっこの時にやるからね、もっと大きなのを葺くんだよ。炭俵なんかでね」

「そうかい。サア帰ろう」

私たちは暗くなった河の堤防を、下流に向った。

男の子は先頭に立った。女の児は私の後ろになった。

コンクリートの橋があって、そこで県道に出て、そこから私たちの家まで、約一里あった。橋の袂《たもと》に小屋があった。橋を作る時に拵えたセメント置場か何かのバラックである。

そこで上の子は、私たちを待っていた。

私は下の子の来るのを、上の子とそこで黙って待っていた。

どう云うものか、ふだんお喋《しゃべ》舌りの子等がその夜は黙り込んでいた。

無邪気な、詰らない疑問が飛び出して、私を煩《うる》さがらさなかった。

——父ちゃんは考えるがいい。——

とでも、子等は思っていたのだろうか。

三人、一緒になったので、

「お前たちはお父さんの先きにお歩き」

そう云って、私たちは県道を歩き始めた。

県道は、電話線の埋設工事で掘り起されてあった。いつも坦々《たんたん》たる道路なのに、その日は掘り起した泥と雨との為にぬかっていた。

その悪路を子等は驚く程、足早に歩いた。

暗闇の中で、私は子供たちの姿を見失ってしまった。が、長い間、そうだ三十分位の間も、私は子等の先きに立った姿を「見失った」と云うことに気がつかなかった。

長い間、帰り途《みち》の半分位の道程を、私は何を考えていたのだろう、と、子供の姿の見えないことに気のついた途端に、考えたが、その時には、もう私は、先きに歩いている、見えない子供たちに声をかけていた。

「おうい！　余《あ》んまり速いぞう、お父さんは附いて歩けないぞ」

道は林の坂道にかかっていた。

両側の林の樹々には、葉のある樹々が多かったので、雨が、そこまで来ると急にひどくなりでもしたように、音を立てた。

その音にせき立てられて、子等の歩みも一層速くなったんだろう。

が、私はノロくさく歩いた。子供たちに追いつこうと試みたが、駄目な事が分った。

私の体にも、私の心にも、私の歩みを速めるだけの力が残っていなかった。速めると云うだけで無く、一口に言って終《しま》えば生命力が残っていなかった、と云ってもよかった。

嫌悪感、それが私の全体をひっ括んでいた。それは自分の外に向っても、自分の内に向っても、粘り強い根を延ばしていた。

今までも、嫌悪感と云うものは幾度か、殆《ほと》んど数え切れない位に私の首を締めつけた。が、今度程、それが長く、その上小憩《こや》みなしに続いたことはなかった。

肉体の上の極度の疲労と、精神上の異常な打撃とが同時に起ると、「腰を抜かす」と云う現象が起ることがある。この状態が私を摑《つか》んでいた。腰を抜かしながらも、私は子供たちを両手で捧《ささ》げて、死の濁流へ呑まれないようにしていたのである。

戦場で多くの死傷者が出た。それを新聞紙上で見ているうちに、私は、私の死をも考えるようになった。身に引きくらべて考えるのである。それが私の習慣になった。死のあらゆる場合を考え続けることが習慣になると、私の生活は生命へよりも、死の方へ近づいて行った。

生命への嫌悪感！

いや、この言葉は嘘だ！　が、何かしら、生きて行くのに大骨を折ると云うことに、熱意を欠いたとでも云うのであろうか。これは私にとっては生れて最初の現象である。

自殺を思ったことも幾度かあった。それを企てたと自分で思い込んだこともあった。

が、これ程、怖れなく、と云うよりも生への執着を抛棄《ほうき》して、死の方へ引っ張られるようにズルズルと考え込んで、あらゆる生への努力を、六ヶ月間も打《う》っ棄《ちゃ》ってしまったことは初めてであった。

三

子供たちは、余程急いで歩いたと見えた。私の呶鳴《どな》った声にも返答がなかった。

私は感じていた。

「子供たちは俺の考えを感じているに違いない」と。

子供が急いで急坂を上るのは、私の身心から発散する墓場の雰囲気が恐ろしかったのだと、私は考えた。

無理もない話であった。私は全《まる》三ヶ月間、生と死との事ばかり考えていた。それに附随して湧き起って来る問題を考えていた。そう云う風な考え事に没頭していれば、具体的な、現実的な生活からも、生活手段からも離れて行くことは自明の理であった。

私たちは「死」を売り物にする訳には行かなかった。坊さんでさえ、昔のようには「死」を売りものに出来ない時代なのだ。

「生」を売りものにするのも、私の場合では至難であった。生命そのものすら売り物にしにくい場合に、生命とは何ぞや、と云うようなことを、無学無智な私などが、どのように堂々巡りをして考えたって、それが商品にならないのも分り切ったことだった。

生命とは「馬鹿気たものだ」と云う途方もない結論に到達することを、私は怖れた。まして生命とは苦痛だ、と云う風な結論に私は絶対に入りたくなかった。

こう云う風な考え方が、こう云う風な文章、又は言葉で、私の頭の中で考えられた訳ではなかった。

「もう政治とは絶対に縁を切る！」

と云った風な想念の断片が、私の頭をかすめるのであった。

だが、私は今まで一度だって、政治家になったことはないし、なりたかった事もないのだ。まして、私が政治と縁を切ると決めようが、決めまいが私の一時一瞬の生活も、政治の下にあるのだ。私の考えや決心などは全っ切り問題にはならないのだ。

要するに生命と云うものは、動物的なものなのだ。この動物的な生命を、生き甲斐《がい》のあるようにするのには、動物的な生活態度が必要なのだ。

兎や雷鳥が、雪の降る時に白色に変り、草の萌《も》え茂る時に、その色に変るように、カメレオンのように、絶えず変色したり、尺取り虫みたいに、枯枝と同じ色をして、力んでピンと立っていれば、生命と云うものは保つものなのだ。

それは何等卑下する必要のないことなのだ。大体、命と云うものがそんなふうなものなのだからだ。

だが、動物も人間となると、勿体《もったい》をつける必要が生じて来るのだ。余りアッサリし過ぎてもいけないし、正直過ぎても困るのだ。

こう云う風なことを考えている人間は、子供と喜を共にすることが、時とすると困難になって来る。

四

私はもう、私には見切りをつけた。

何の才能もないし、学問もないし、社会人類、国家に尽す方法も持たないし、詰り人生の食い潰《つぶ》しであることを自認したのだった。

自認すると同時に、他からもそう認められていたのだから、結果は明白だった。

そこで、子供たちには、子供たちが「面白い」として喜ぶことを、させてやろうと思った。と云っても、収入が途絶してしまっているのだから、その範囲は極めて狭く局限されるのだった。

その日の釣り兼蝗《いなご》取りも、その催しの一つだった。これなら金がかからないで、子等の弁当のお菜が取れる。その上川魚は頭ごと食えるから、第二の国民の骨骼《こっかく》を大きくする為のカルシウム分もフンダンにある。外の栄養分は知らないが、悪いことはないに決っている。

そんなことはどうだって、そうだ、どうだってよくはない。が、それよりも、釣りをすることを子供たちが、果して喜んだかどうかなのだった。私が居なくなって、子供たちが成長してから、その日を快よい、生き甲斐のある一日として思い出の種にし得るかどうか、が問題であった。

このだらしのない、子等に対して申し訳なく、相済まなく思っている父の心が、そんな釣の半日で子供の心に通じるかどうか、これは寧《むし》ろ逆効果でありはしないか。私より遥《はる》かに先きに立って、暗闇の中に姿を消してしもうた子供たちの心の中に、私は入ろうと努めた。

——何をあの子等は考えているであろう——

だが、私は子等の心の中へだけ入り込んで終うと云うことは出来なかった。子等の心の中に入り切る事は出来なかったが、あの子たちよりも、もっともっと不幸な子供たちが沢山あるし、又、これからはもっと、ずっと殖《ふ》えるに違いない、と私は思った。

坂の中途に、檜《ひのき》の造林が道を挟んで、昼もなお暗い処《ところ》がある。そこの入口で子供たちは私を待っていた。

「速いねえ。もっと悠《ゆっ》くり歩かなきゃ、父ちゃんは附いて行けないよ」

「引っ張って上げようか」

と、一年生の女の児が、私の手を引っ張って、グイグイと先きに立った。

強い力だ。私の心はスパークのように、一瞬間青白い光を放ち、熱を持った。が、次の歩みの時には、もう元の闇に帰っていた。

急坂を登り切ろうとする所、村の部落外れに、荒《あば》ら屋がある。

その家の子供の一人が、私の男の子と同級である。

ある夜、私は釣りの帰りに、硝子《ガラス》のない硝子戸から、その家の有様を通りすがりに眺めた。

亭主は手を膝《ひざ》にキチンと揃え、正坐《せいざ》して俯《うつむ》向いていた。細君は亭主と正面に向き合って、「論告」を下していた。

傍聴席には、その両親の子供たちが、ハッキリ数えることは出来なかったが、七八人、或《あるい》は十人もいたかもしれなかった。

「お前だけ酒を飲んで面白いかもしれないが……」

それだけ私は聞きとった。

その夜は、囲炉裏《いろり》の自在鍵《かぎ》には鍋《なべ》がかかっていなかった。火も燃えていなかった。

「さては米代を飲んじまやがったな」

と、腹の中で云って、私は首をすくめた。

屋根板を削るのや、頼まれて日雇に行くのが、その家の業だった。

私はその夫婦の両方に同情した。

セリフは私の家でも同じだ。日本中、いや世界中、このセリフは共通しているだろう。そしてこのセリフ位、古くならないで、何時も鋭い実感を伴って、亭主野郎の頭上に落ちて来るものも少ないだろう。

ジグスのように、パンのし棒でのされるにしても、あのように朗《ほがらか》に飲めるのならば、酒は確かに百薬の長だが。

親子心中を一日延ばすために、飲んだとなると、効き目が一寸《ちよつと》あらたか過ぎる。

「どんな子だい。あの家の子は？」

と、私が男の子に訊《き》くと、

「あだ名をダルマって云うんだよ。憤ると頬っぺたを膨らませるんでね。それでダルマって云うんだよ」

「そうかい。お前だって憤ると頬っぺたを膨らせやしないかい」

「とっても膨らませるんだよ。眼玉を大きくしてね」

「余まり憤らせない方がいいね」

五

農村は萎《しな》びている。

身心共に萎びている。

枠が小さくて、一寸堅過ぎる。

人の考える通りを考え、人の感じる通りを感じる。そうしないと喰《は》み出して終《しま》う。

喰み出したらお終いではないか。喰み出さなくても、暮しは苦しい。


私たちは家へ帰り着いた。

子供たちは濡《ぬ》れた服を脱いで、コタツに入り、夕食を摂《と》った。日頃健啖《けんたん》なのに、下の女の児は一杯食った切りで、「御馳走様《ごちそうさま》」と云って、サッサと寝床にもぐり込んだ。

男の子は三杯目に、

「御飯未《ま》だあるの」

と、女房に訊いた。

魚釣りも、蝗取りも、米櫃《こめびつ》の空なことを忘れさせなかったのだ。

私の教育方針もよろしきを得ている。

「兵隊さんたちは、三日二夜食もなくって軍歌にあるだろう。苦労しているんだからね、お前たちも贅沢《ぜいたく》を云ってはいけないよ」

と、ふだんから云ってあるのだ。

子供たちが食事が済み、寝床に入ってから、私は米を借りに出かけた。村の町は、夜九時になると死んだようになる、偶然飛び込んだ旅人を泊める宿屋までも、十時になると眠り込む。出征を祝す、の征旗も、旗を取り込んで、てっぺんに葉を少し残した旗竿《はたざお》だけが、淋《さび》しく軒先きに立っている。

明日はどうなるであろう。

――「改造」昭和十二年十二月

注釈

セメント樽《だる》の中の手紙

二 ＊経帷布《きようかたびら》　仏式で死者を葬る時、死者に着せる着物。白麻などで作り、名号（南無阿弥陀仏）や題目（南無妙法蓮華経）など経文を書く。

淫売婦《いんばいふ》

一四 ＊フランテン　不定期航路のこと。

一五 ＊サロンデッキ　salon deck（英）一等船客用甲板。

一六 ＊ピー、カンカン　毬、看看。ピーは女陰の隠語。カンカンは見る、のぞく、の意。

一九 ＊六神丸《ろくしんがん》　麝香《じやこう》、牛黄《ごおう》、熊胆《ゆうたん》、人参《にんじん》など六種類の生薬からなる漢方薬。

二三 ＊プロジェクター　projector（英）投光器。投射器。

二七 ＊ヒロイック　heroic（英）英雄的、雄々しい、の意。

三四 ＊ボーレン　boardinghouse（英）の訛《なまり》。海員の職業紹介や周縁を業とするもの。または海員相手の下宿屋。

＊アークライト　arc light（英）街路灯。アーク灯。

＊キャピタリスト　capitalist（英）資本家。金持ち。

三八 ＊ブル bourgeois（仏）ブルジョアの略。金持ち。資本家。

労働者の居ない船

四〇 ＊コンパス compass（英）羅針盤。

＊メーツ mate（英）航海士。

＊ブリッジ bridge（英）船橋。船長や艦長が指揮する場所。

四一 ＊千本桜の軍内 千本桜は歌舞伎『義経千本桜《よしつねせんぼんざくら》』のこと。ただし軍内は歌舞伎『勧進帳《かんじんちょう》』の登場人物。義経千本桜「鳥居前の場」に登場する早見の藤太との勘違いか。藤太が静御前と狐忠信の間でくるくる迷う場面がある。

＊カンカン・ハマー カンカン叩《たた》いて艦船、タンクなどのさび取りをするための鉄槌《てっつい》。

四三 ＊ブルジョアジー bourgeoisie（仏）ブルジョア階級。

＊プロレタリアート Proletariat（独）労働者（プロレタリア Proletarier）階級。

四四 ＊デッキ deck（英）船の甲板。

＊ヨウリス David Joris（一五〇一頃—一五五六）か。オランダの再洗礼派の宗教指導者。死後、異端者として死骸《しがい》を掘りだされ、焼かれた。

四五 ＊電気ブラン 電気ブランデー（brandy）。ブランデーまがいの安価な強い酒。

四六 ＊ボットム bottom（英）船底。

四八 ＊ファイヤマン fireman（英）機関員。旧称は火夫。

五一 ＊ボースン boatswain（英）甲板長。水夫長。

五四　*パラダイス　paradise（英）天国。楽園。
五七　*ガット　gat（オランダ）マンホール。
五八　*キール　keel（英）竜骨。船の下部にある背骨となる鉄材のこと。

牢獄《ろうごく》の半日

六三　*一九二三年、九月一日　関東大震災の日。強震の余波は名古屋にも及んだ。

浚渫船《しゅんせつせん》

八一　*浚渫船　水底をさらって土砂などを取り除く作業をする船のこと。
八三　*セコンドメイト　second mate（英）セカンドメート。二等航海士。
八三　*サッカリン　saccharin（英）人工甘味料。トルエンなどから合成され、ショ糖の数百倍の甘みをもつが、安全性の問題から現在は食品への使用量に制限がある。
八五　*セキメイツ　セコンドメイトの訛。
九〇　*ファンネル　funnel（英）船の煙突。

死屍《しかばね》を食う男

九三　*二黒《じこく》　陰陽道で九星《きゅうせい》（一白《いっぱく》・二黒・三碧《さんぺき》・四緑《しろく》・五黄《ごおう》・六白《ろっぱく》・七赤《しちせき》・八白《はっぱく》・九紫《きゅうし》）の一。これに五行《ごぎょう》（木・火・土・金・水）などを組み合わせ吉凶を占う。
一〇五　*チャン　野球部の連中、くらいの意か。

解説

葉山嘉樹――人と作品

浦西和彦

プロレタリア作家として　日本のプロレタリア文学は、葉山嘉樹の「淫売婦《いんばいふ》」「セメント樽《だる》の中の手紙」「労働者の居ない船」等の短篇《たんぺん》小説や「海に生くる人々」の長篇小説の発表によって、はじめて芸術としての第一級の優れた作品を持つことになった。プロレタリア文学は思想性や政治性が先行していて、文学としては非芸術的であると軽佻《けいちょう》されていた当時の文壇《ぶんだん》の中で、プロレタリア文学そのものが芸術であることを最初に広く深く認知させたのは葉山嘉樹であった。葉山嘉樹は、プロレタリアということばほんらいの意味にもとづいてのプロレタリアの文学を、自己の豊富な労働体験をもとに、自由闊達《かったつ》な想像力によって、労働者・農民の生活と現実をあざやかに描きだした。多くのプロレタリア作家のなかで、葉山嘉樹ほど、その芸術的な資質の卓抜した作家はいないであろう。そして、当時の芸術派らが中心を占めていた既成文壇において、葉山嘉樹の作品ほど驚嘆《きょうたん》と賞賛をもって迎えられたプロレタリア作家はいなかったであろう。例えば、横光利《よこみつり》一《いち》らの新感覚派たちの文学運動に批判的であった広津《ひろつ》和郎《かずお》が葉山嘉樹の「牢獄《ろうごく》の半日」や「淫売婦」を「推賞」しているのである。広津和郎は「文芸時評—『白霧』その他—」(「新潮」大正十五年三月号)で、「この作者(葉山嘉樹)のものは、一二年前、文芸戦線に載った地震の時の囚人の事を書いたもの(「牢獄の半日」)を読んで、異常な感激を覚えた事がある。その記憶が、『淫売婦』の評判を聞くと、是非それを読みたいといふ欲望を自分に起させたのだ。/題材は相変らず驚嘆すべきものである。我々には想像もつかない世界の——人間生活のどん底の曝露である。そしてかうした題材を探し出して来た作者の眼のつけどころも、十分推賞に値する」と述べている。この広津和郎の時評で注目すべきおもしろいことは、「淫売婦」の発表直後に書かれたものでないことであろう。葉山嘉樹の「淫売婦」は、「文芸戦線」大正十四年十一月号に発表された。広津和郎は「淫売婦」の発表から四カ月後に時評で問題にしているのである。これは異例のことであろう。広津和郎は「淫売婦」の「評判」に動かされて読んだのである。それだけ「淫売婦」が広く深く文壇に浸透《しんとう》していったのである。反響の大きさを如実《にょじつ》に示しているといえよう。

また、宇《う》野《の》浩二《こうじ》は「年頭月評」(「報知新聞」大正十五年一月十七日)で、葉山嘉樹

昭和４年６月、高円寺の書斎にて

の「セメント樽の中の手紙」を「芸術としても優れたものであり、私の好みからいつても愛すべき作だと思つた」「一プロレタリアの歎きがだれの胸にも、子守歌のやうにしみ〴〵と流れ込んで来る」「これはプロレタリアのおとぎ話めいてゐて、しかも真実の叫びが感じられる。文章もいゝ。すぐれた、愛すべき作だ」と激賞したのである。

葉山嘉樹は、自然主義文学の平板なリアリズムの枠を破り、プロレタリア文学そのものに新生面を切り拓《ひら》いたのである。思想的立場や文芸的立場を異にする大正期の広津和郎や宇野浩二らといった既成作家たちまでもが、葉山嘉樹の存在を無視することが出来なかったようだ。これらの当時の文芸時評を詳細に見ていくと、葉山嘉樹の文壇への登場は、これまでの大正期の文学を根底からゆすぶり動かす、一つの文学史的事件でもあったようだ。昭和という時代のプロレタリア文学の新たなる段階をつくりだす先頭に葉山嘉樹が位置していたのである。

小林多喜二への影響　葉山嘉樹は、当時の既成文壇を驚嘆させただけでなく、これから文学を志す若い人々にも大きな影響を与えた。小林多喜二《こばやしたきじ》の日記や中野重治《なかのしげはる》の自伝的小説「むらぎも」などを一瞥《いちべつ》しただけでも明瞭《めいりょう》であろう。

小林多喜二の「蟹工船《かにこうせん》」は、葉山嘉樹の「海に生くる人々」の存在をぬきにしては、成立し得ない作品であった。「海に生くる人々」と「蟹工船」のプロットは多くの類似点を持っている。葉山嘉樹の「海に生くる人々」が既に存在するゆえに、小林多喜二はそれを強く意識し、「海に生くる人々」のように、作者自身の理念や感情をそのまま表出する方法を避《さ》け、「蟹工船」は特定の主人公を設定せず、意識的に登場人物の性格や心理描写をいっさい切り捨てて、集団として描きだすということが可能となったといえる。

北海道で銀行員をしながら、志賀《しが》直哉《なおや》の強い影響下で文学的修業を重ねていた小林多喜二が、志賀直哉文学から脱却《だっきゃく》して、プロレタリア文学へと転進する大きなきっかけとなったのは、葉山嘉樹の短篇集『淫売婦』（大正十五年七月十八日発行、春陽堂）を読んだことである。小林多喜二は、大正十五年九月十四日の日記に、友人から『淫

右から、荒畑寒村、長男・民樹、嘉樹、長女・百枝、菊枝夫人
昭和11年夏、信州・赤穂にて。

売婦』を借りて読んだことは「記念すべき出来事」であったと記している。「『淫売婦』の一巻はどんな意味に於ても、自分にはグアン！と来た。言葉通りグアンと来た」、「『作品の清新さ』にまず自分は打たれた」という。短篇集『淫売婦』に収録されている一作〳〵について、小林多喜二はその読後感を具体的に記している。そして、小林多喜二は「志賀直哉氏あたりの表現様式と正に対蹠的にある。志賀直哉のばかりが絶対な表現ではない」と断言したのである。志賀直哉文学一点張りであった小林多喜二が新たなる文学的開眼をしたのである。志賀直哉文学から離れて、プロレタリア文学の方向に踏み出し

ていく、小林多喜二にとって、葉山嘉樹の短篇集『淫売婦』の読後感は、正に「記念すべき出来事」であったのである。事実、小林多喜二は、昭和四年一月十五日に葉山嘉樹に宛《あ》てた書簡の中で、「今、不幸にして、お互に、政治上の立場を異にしていますが、――貴方がマキシム・ゴールキーによって洗礼を受けたと同じように、私は、貴方の優れた作品によって、『胸』から生き返ったと云ってい〻のです」と述べているであろう。小林多喜二にとって葉山嘉樹の存在がいかに大きなものであったかがわかるであろう。

生い立ちと生涯　葉山嘉樹は、明治二十七年三月十二日に、福岡県京都《みやこ》郡豊津《とよつ》村大《おお》字《あざ》豊津六百九十五番地に、父・葉山荒太郎（四十六歳）、母・トミ（四十歳）の長男として生まれた。祖父の葉山平右衛門は、小倉《こくら》小笠原《おがさわら》藩の物頭寄合、御馬廻《まわ》り役をつとめた。小倉小笠原藩は、慶応二年（一八六六）八月、徳川《とくがわ》方として長州《ちょうしゅう》軍と戦ったが敗れ、自ら小倉城に火を放ち、豊津へ退却《たいきゃく》したのである。平右衛門は、慶応四年（一八六八）一月に小笠原藩東征《とうせい》後援出兵の隊長として出立し、同年九月十日に、秋田市八橋《やばせ》で戦死している。父の葉山荒太郎は、明治維新まで小笠原藩の御馬廻り役をつとめ、慶応二年、長州への斬り込みを企てた赤心隊に平右衛門とともに加わった。維新後は官吏《かんり》となり、明治二十六年から明治四十年まで、京都仲津郡の郡長をつとめた。母のトミは、会津若松《あいづわかまつ》の出身であるといわれている。

昭和15年4月7日

葉山嘉樹は、大正二年に福岡県立豊津中学校を卒業すると、上京して早稲田《わせだ》大学高等予科文科に入学したが、授業にはほとんど出席せず、十二月、学費未納によって、除籍《じょせき》された。横浜のローラースケート場でアルバイトをした後、郵船会社の貨物船〝讃岐《さぬき》丸〟に乗船し、大正三年の正月をカルカッタで迎える。葉山の海員生活は、この時の一航海と、大正五年六月の室蘭《むろらん》・横浜航路の石炭船〝万字《まんじ》丸〟に乗船した一航海だけである。再び万字丸に乗り組むが、左足を負傷して合意下船させられた。この航路での体験が「海に生くる人々」や「浚渫船《しゅんせつせん》」などの多くのマドロスものの作品を生むことになる。

葉山嘉樹は、その後、様々な仕事を転々としたが、大正九年に塚越喜和子《つかごしきわこ》とともに名古屋に出て、名古屋セメント会社の工務係になった。翌年、会社の職工が防塵室《ぼうじん》に落ち全身火傷《やけど》で死亡したとき、組合をつくろうとして馘首《かくしゅ》された。これを契機に、葉山は名古屋労働者協会を基盤に、労働運動に奔走《ほんそう》する。大正十年十月、愛知時計電機争議で名古屋刑務所に、大正十二年六月、名古屋共産党事件で門前署に検挙され、千種《ちくさ》刑務所未決監に収監される。名古屋共産党事件では禁錮《きんこ》七ヵ月の控訴《こうそ》審が決定し、大正十三年十月に巣鴨《すがも》刑務所に服役した。千種刑務所や巣鴨刑務所に入獄中、「筆墨紙《ひっぼくし》」が許可され、葉山嘉樹は「海に生くる人々」「淫売婦」「牢獄の半日」などを執筆したのである。

大正十四年、巣鴨刑務所を出獄すると、妻子が行方不明となっていた。葉山嘉樹は、木曾《きそ》の落合《おちあい》発電所の工事場で働く。そこの土方飯場で「セメント樽の中の手紙」を書いたのである。嘉和《よしかず》（四歳）と民雄《たみお》（三歳）の二児の死を知ったのもその飯場であった。「淫売婦」や「セメント樽の中の手紙」が発表されると、大きな反響を呼び、葉山は、岐阜の中津川《なかつがわ》で識《し》った西尾菊江《にしおきくえ》（通称、菊枝）と上京し、作家生活に入った。だが、昭和九年になると、葉山嘉樹は妻子を連れて、天龍川《てんりゅう》畔の三信《さんしん》鉄道（飯田《いいだ》線）の工事場で働く。そして、鉄道工事に従って移動する土木労働者たち、〝流旅〟の人々の群像を描きだす。「濁流《だくりゅう》」「山谿《さんけい》に生くる人々」「流旅《りゅうりょ》の人々」など、自然の脅《きょう》威《い》により生命の危険にさらされながら、働く人々の生活を存分に描きだす。「氷雨《ひさめ》」には、日中戦争開始直後の生活のまったくひどい重圧で、その苦悩の独自な表現がある。しかし戦時の抑圧が深まってゆくとともに、葉山嘉樹は満州開拓農民までおし流されていく。そこには、大陸の厳しい自然環境のなかで、文化施設は一切なく、病気になっても医者も居ない、悪条件のもとで働く貧しい農民たちの苦渋に満ちた困難な生活があったからであろう。そして、昭和二十年十月十八日、敗戦により北安《ほくあん》省徳都県双竜泉の開拓《かいたく》団から帰国の途中の列車のなかで病死した。悲惨《ひさん》な死である。

葉山嘉樹は、どこまでも虐《しいた》げられた貧しい労働者や山村農民たちに寄り添って生き、そこから日本の文学の歴史のなかでは決して描かれなかった、独自の世界を創造した。プロレタリア文学を芸術的に代表する優れた作家だった。

作品解説

紅野謙介

葉山嘉樹は戦前、一九二〇年代に活躍《かつやく》した、いわゆるプロレタリア文学の作家である。プロレタリア文学とは、プロレタリアート＝労働者層の自由と解放を求めて、社会の富と権力を一手に握《にぎ》るブルジョア＝資本家に闘《たたか》いを挑み、社会変革を目指す政治運動に協力する文学を指す。しかし、いまのわたしたちは共産主義・社会主義やマルクス主義といった思想や政治運動から遠く離《はな》れたところで生活している、少なくともそう思っている人は多い。

その一方で、わたしたちのまわりでは悲惨《ひさん》な事件や出来事が日々報じられる。毎年のように自殺者が増え、心を病《や》んだ人の数は世代や男女、居住地域を超《こ》えて広がっている。一生懸命《けんめい》に働いているにもかかわらず、理不尽《りふじん》なリストラ、賃金のともなわない残業の強制、雇用《こよう》形態による差別、不安だらけの社会保険、そして高騰《こうとう》する医療《いりょう》費などなどに直面させられているのがわたしたちの毎日である。わりきれない思いを抱《かか》えたまま黙《だま》ってため込んでいるうちに、激しい怒《いか》りや憎《にく》しみが内側からあふれ出そうになって思わずヒヤリとする場面もしばしばあるはずだ。

文学にはもともと消閑《しょうかん》の道具としての側面がある。知的なアクセサリーにもなるし、暇《ひま》つぶしには最適だ。同時に、もうひとつの大事な役割として、わたしたちのいるこの世界をどのようにとらえたらいいのか、どう見るべきなのか、わたしたちの苦痛や屈託《くったく》が何によっているのかを、具体的な人や物事、言葉を通して感じさせ、想像させる働きがある。プロレタリア文学はその役割を先鋭《せんえい》化した文学だと言えるだろう。最近では小林多喜二《こばやしたきじ》の『蟹工船《かにこうせん》』がふたたび注目を集めているが、それは自分たちの労働の実態を「搾取《さくしゅ》」という言葉とともに考えると、いまの状態が見えてくるようになるからだろう。そういうことに気づくことで、自分だけを責めている袋小路《ふくろこうじ》から抜け出すことができる。

なかでも葉山嘉樹は短篇《たんぺん》小説のかたちで見事な成果をあげた作家である。表題作の「セメント樽《だる》の中の手紙」は、この文庫でもわずか六ページ、四百字詰めの原稿《げんこう》用紙に換算《かんさん》して八枚ほどである。短いことはプロレタリア文学にとって重要なことである。なぜなら、もっともきつい労働者にはそんなに悠長《ゆうちょう》な読書の時間など与えられるはずがないのだから。しかし、その短さにもかかわらず、この小説は八十年以上の歳月《さいげつ》を超えて訴《うった》えてくるものがある。

タイトルのとおり、この短篇には一通の手紙とその手紙の読み手しか登場しない。ただし、どんな状況で手紙を読んだかは丁寧《ていねい》に描かれる。手紙を読むのは松戸与三《まつどよぞう》という、木曾《きそ》の水力発電所の建設現場で働いている労働者である。毎日、セメントあけの作業をしている与三は、低賃金に長時間労働を強《し》いられてぼろ切れのような生活を送っている。与三の日常はセメントの粉まみれになってコンクリートで固めたような「石膏細工《せっこうざいく》の鼻」に端的にあらわされている。むずがゆい鼻の穴もほじれない労働のつづいたある日、セメント樽のなかから木の箱が転がり出る。与三はその木箱を腹掛《か》けに放り込む。「軽い処《ところ》を見ると、金も入っていねえようだな」（傍点、引用者。以下同）。金になるか、ならないか。瞬時《しゅんじ》の反応がそういうものになっている、そういうものにさせられている。ようやく終業時間になる。一杯《いっぱい》飲んで食うことだけを「専門に」考えながら長屋に帰る。くたくたになった労働者の欲望はシンプルなものに限定される。飲みかつ食うこととセックスだ。しかし、女房《にょうぼう》持ちの与三はそのために子だくさんになっている。まだ母体（優生）保護法が出来ていない時代、産めよ殖《ふ》やせよは国家の至上命題だった。避妊《ひにん》や妊娠《にんしん》中絶の選択もまともに許されていなかったのである。自分の性欲が原因なのだけれども、増えていく子供は生活にますます重くのしかかる。「篦棒奴《べらぼうめ》！」という怒りは、自分とその女房と、そして余裕のかけらもない生活の全体に向けられる。このとき腹掛けのなかから木箱が取り出される。与三は頑《がん》丈《じょう》につくられていた木箱を「この世の中でも踏みつぶす気になって、自棄に踏みつけ」る。そこに「ボロに包んだ紙切れ」の手紙が出てくるのである。

労働者が石を砕《くだ》くクラッシャーにはまって亡《な》くなったとして、いくら何でもその血だらけのセメントを商品に出す会社はない。そもそも市場に出る商品にならないだろう。したがって、この女工の手紙をふくめ、小説は労災の事実を描いたリアリズムではなく、労働の実態をめぐる悲惨なファンタジーである。これは「淫売婦《いんばいふ》」を初めとする他の収録作品もそうだ。しかし、労働者の死を悼《いた》むことよりも、それに伴《ともな》う損失を計算し、さらなる利益の獲得《かくとく》に向かうのが資本の論理である。その資本の論理の苛《か》酷《こく》さが小説を悲惨なファンタジーたらしめている。

女工の手紙は自分と恋人にふりかかった事故を淡々《たんたん》と語ることから始まっている。しかし、やはりそれもリアルな描写とはちがう。「水の中へ溺《おぼ》れるように、石の下へ私の恋人は沈んで行きました」という一節の、悲惨でありながらストップモーションのような美しさ。「そして、石と恋人の体とは砕け合って、赤い細い石になって、ベルトの上へ落ちました。ベルトは粉砕筒へ入って行きました。そこで鋼鉄の弾丸と一緒になって、細く細く、はげしい音に呪《のろい》の声を叫びながら、砕かれました。そうして焼かれて、立派にセメントになりました」。悲惨であることをただそのとおりに伝えようとしても、その悲惨さは伝わらない。「石」と「恋人の体」が砕け合い、「赤い細い石」になりながら「呪の声」をあげ、「立派にセメントにな」るというこのシュールな表現が、ありえない言葉の組み合わせであるからこそ、いまもなお、わたしたちの感覚を逆なでし、異様な美と恐怖の戦慄《せんりつ》をもたらす。

しかも、この手紙は書き手である女工のさまざまに揺れる言葉を組み入れる。「あなたは労働者ですか」と問い、このセメントは何に使われたかと問う。さらにあなたは「佐官屋」か「建築屋」かとたたみかけるような問いの直後、女工は恋人であるセメントが「劇場の廊下」や「大きな邸宅の塀」になるのを我慢《がまん》できないと言う。ブルジョアが楽しみ、居心地よく送る暮らしを守る境界にさせるのは嫌《いや》だと言う。しかし、そう言った直後、一転して「いいえ、ようございます」と主張をひるがえす。どこでもいい、「私の恋人」はきっとどこでも「それ相当な働き」をする。恋人の人柄《ひとがら》への信頼は優しかった二十六歳の「あの人」の思い出を導き出す。「あの人はどんなに私を可愛がって呉《く》れたか知れませんでした」。いまやあの人はセメントとなって「西へも東へも、遠くにも近くにも葬られて」いる。

喪失《そうしつ》の哀《かな》しみ、不条理への怒り、不当な社会への憎しみ、亡くなったものへの信頼、そして恋人とみずからへの誇《ほこ》り。さまざまな感情が揺れながら手紙のなかに渦《うず》を巻く。その渦の中で、やり場のない感情を懸命に抑《おさ》え、みずからに言い聞かせ、救いを求めようとしている書き手の気持ちが浮かび上がる。それが見えてくるとともに、これを読むそのときの与三の思いに想像が及《およ》ぶことになる。

女工の恋人のセメントが開封《かいふう》されたのは発電所の建設現場である。近代国家の産業の根幹を支えた電力エネルギーの源に、女工の恋人は生《い》け贄《にえ》として捧《ささ》げられた。それは建設現場で苛酷な労働を強いられている松戸与三その人と大して変わりがない。セメントの粉だらけになり、安く酷使《こくし》される与三と、女工のセメントとなった恋人、そして悲嘆《ひたん》にくれる女工とどれだけの差があるか。手紙の最後は、手紙を包んだ「裂《きれ》」に言及する。その「裂」は恋人の身につけていた仕事着であり、石の粉と恋人の汗がしみ込んでいる。その仕事着で恋人は何度も「私」を抱いた。このセクシュアルな記《き》憶《おく》と想像を喚起《かんき》しながら、手紙は「あなたも御用心なさいませ」と結ぶ。

手紙を読んだ与三の感想は何も書かれていない。かれはただ「へべれけに酔っ払いてえなあ。そうして何もかも打ち壊して見てえなあ」と怒鳴《どな》る。与三の反応は手紙を読む前の飲み食いすることだけを欲望し、この世の中を踏みつけるように木箱を壊《こわ》したときと変わりがないように見える。たしかに衝動のオクターブがあがっただけだったかもしれない。与三と女工とのあいだには遠い隔《へだ》たりがあるし、手紙の返信をどこに出せばいいのか、返信など書くゆとりがあるのか、定かではない。しかし、与三の肩越《かたご》しにこの女工の手紙を読み、読み手である与三がどのような労働を強いられているかを知った読者には、「何もかも打ち壊して見てえ」という破壊の衝動のよってきたるゆえんも、その本来、打ち壊すべき相手も徐々《じょじょ》に見えてくるはずである。

「セメント」は道路を作り、建物を造り、都市と交通のすべてを支え、社会の近代化と産業化を実質的に下支えしてきた。その堅牢《けんろう》な物質的な塊《かたまり》のなかに労働者の血と肉がしみ込んだメッセージが隠されている。いや、セメントそのものが、女工の恋人や女工や松戸与三たちの労働の代償《だいしょう》としてある。その労働に果たして十分な対価は支払われているのか。「セメント樽の中の手紙」はこうして小説全体がひとつの比喩《ひゆ》として差し出される。

ファンタジーや比喩の技法は、「淫売婦」にも「労働者の居ない船」などにも貫《つらぬ》かれている。「死屍《しかばね》を食う男」では、労働問題を離れて、一篇《いっぺん》の怪奇小説としても十分成立していることを見ることができる。これらの技法は、ひとつの事件や体験、個人や船舶《せんぱく》を、出来事として描写《びょうしゃ》するのではなく、資本と階級、労働者とアウトサイダー、労働者間の階層などのさまざまな関係の集積としてとらえようとするまなざしに関《かか》わっている。第一次世界大戦後の経済発展にともなう社会変容をへて、リアリズムの言葉ではとらえきれない社会的諸《しょ》関係を描《えが》き出す新たな技法として、当時の新しい作家たちによって実践《じっせん》されたのがそうした視点だった。その大きな波頭のなかに葉山も位置していたのである。さらにいえば、葉山は、当時の文章表現からすれば顰蹙《ひんしゅく》をかうほかなかった、労働者のスラングや俗語を駆使《くし》し、むしろ表現しようとしてしきれない、それだけ未知の対象に挑《いど》んでいることを、読者に大胆に語りかけ、ときとして「検閲が通らないだろうなど云うことは、てんで問題にしないでいても自分で秘密にさえ書けない」ような不思議で恐るべき「何か」（「淫売婦」）を語ろうとした。まさに、そのようなかたちで時代をとらえる枠組《わくぐ》みを提示したのである。

なかでも、この「セメント樽の中の手紙」は、短篇小説としての完成度の高さゆえに、一九七〇年代から八〇年代にかけて高校一年生向けの「国語」教科書に採用されていた。いったん、その採用は途絶《とだ》えていたが、最近になってまた一部の教科書に復活している。

さて二十一世紀のいま、松戸与三たちの怒りと嘆《なげ》きは終わっていない。「石膏細工の鼻」を強いられ、「水の中へ溺れるように」命を削られ、「赤い細い石」となって「呪の声」をあげなければならない労働の実態はすがたかたちを変えながらいまも生み出されている。生け贄となる彼ら、彼女らが遠いべつな星の存在ではなく、わたしたちの片身であることに気づくことができるかどうか。女工の結びの言葉はやはり生きている。「あなたも御用心なさいませ」。

年譜

明治二十七年（一八九四）

三月十二日、福岡県京都《みやこ》郡豊津《とよつ》村大字《おおあざ》豊津六九五番地に生まれた。父の荒太郎は明治二十六年十一月から明治四十年八月まで京都《みやこ》仲津《なかつ》郡の郡長を務めた。母のトミは会《あい》津若松《づわかまつ》出身の人といわれている。「呪《のろ》はしき自伝」によると、「母は私の十三の年だつたかに追はれて家を出た」という。異父の兄松本武次郎《まつもとたけじろう》、異腹の姉ミツがいた。

明治四十一年（一九〇八）　十四歳

四月、福岡県立豊津中学校に入学。

大正二年（一九一三）　十九歳

三月、豊津中学を卒業し、早稲田《わせだ》大学高等予科文科に入学。自作「年譜《ねんぷ》」によると「文学志望だつたので、早稲田の文科に入れてくれと、父に頼んだが、学費が無いと答へられた。『ぢや、家を売ればいゝぢや無いか』と云つた。家は確か四百円かで売れた。『これ丈けつか無いぞ』と云つて、四百円全部一度に渡された。早稲田に籍を置いたが、学校には行かないで、二三ヶ月の間に全部の金を、浪費してしまつた。一銭も無くなつたので、綺麗さつぱりと遊蕩生活に見切りをつけて、机、書籍、夜具等を売り払つて、横浜の花咲町に、当時あつた海員下宿に転げ込んだ。乗船の口を待つ間、山下町にあつたローラースケート場のボーイをやり、後、カルカッタ航路の貨物船に、水夫見習で乗る」という。

大正三年（一九一四）　二十歳

カルカッタで新年を迎えた。乗船したのは郵船会社の讃岐《さぬき》丸（六千噸《トン》余り）であり、一航海で下船。八月、模範《もはん》タイピスト養成所に入学。十一月、同所を退学。

大正五年（一九一六）　二十二歳

六月、室蘭《むろらん》・横浜航路の石炭船万字《まんじ》丸に乗船。自作「年譜」に「三等セーラーで乗つて、月給六円だつた。船長が恐ろしく権柄づくな奴だつたので、労働は苦痛を極めた」「ストライキをやつて勝つたが、次の航海には、左足に負傷して、職務怠慢の名目で、『合意下船』させられた」という。

大正六年（一九一七）　二十三歳

高橋虎太郎《たかはしとらたろう》（鶴田知也《つるたともや》の実父）の紹介で、鉄道院に入り、門司《もじ》管理局の臨時雇となったが、自作「年譜」によると、「黙つて止して」しまった。九月、私立明治専門学校（現在、九州工業大学）の庶務《しょむ》課雇となった。

大正八年（一九一九）　二十五歳

四月、山井《やまい》ヒサエとの間に長女タミ子が生まれたが、一週間ほどで死去。六月、庶務課から応用化学科の図書係に移った。「文学的自伝—山中独語—」で「化学の図書室の中で、ゴーリキー、ドストエフスキー、トルストイ、アルチバーセフ、上田秋成、何でもかんでも手当り次第に読んだ」という。

大正九年（一九二〇）　二十六歳

三月、山井ヒサエとの間に二女愛子《あいこ》が生まれた。春ころ下関《しものせき》駅に近づく列車の中で塚《つか》越《ごし》喜和子《きわこ》を識《し》った。十月、私立明治専門学校を辞し、喜和子・愛子をつれて名古屋へ出た。名古屋セメント会社の工務係になった。十月、愛子が死去。

大正十年（一九二一）　二十七歳

五月、喜和子との間に嘉和《よしかず》が生まれた。名古屋セメント会社で職工が防塵室《ぼうじん》へ落ち死亡したことから労働組合の結成をくわだてたが、事前に発覚し、六月上旬に名古屋セメント会社を馘首《かくしゅ》された。名古屋新聞社の社会部記者となり労働問題を受け持った。名古屋労働者協会に加入。八月、神戸の三《みつ》菱《びし》、川崎《かわさき》両造船所の同盟罷《ひ》工《こう》に特派記者として派遣された。十月、愛知時計電機の争議で逮捕され、名古屋刑務所未決監に収監された。十一月、予審判決で有罪が確定し、釈放されて名古屋市中《なか》区西川端町《にしかわばたちょう》に住んだ。

大正十一年（一九二二）　二十八歳

二月、名古屋地方裁判所で懲役二カ月の判決を受けた。不服として控訴《こうそ》。五月、控訴棄却《ききゃく》され、まもなく名古屋刑務所に収監され服役。七月、出獄し、広小路栄《ひろこうじさかえ》町角で夜店の古本屋を開いた。八月、父が病気のため妻子を連れて帰省したが、再び名古屋に戻り、潮通信社に入社。十一月、潮《うしお》通信社が人手に渡り失業。十二月、喜和子との間に民雄《たみお》が生まれた。このころ、山本懸蔵《やまもとけんぞう》らと赤色労働組合国際同盟に加盟することを意図したレフトを組織。年末、父の危篤《きとく》の知らせで帰省、京城病院で看護婦長をしていた姉ミツと再会。二十九日、父荒太郎が死去。

大正十二年（一九二三）　二十九歳

一月、家督《かとく》相続を届出。父の遺産を整理し名古屋に帰った。二、三月ころ、レフト創立協議会が野坂参三宅で開かれ、名古屋地域より中央委員に選出された。名古屋赤名会を結成。三月、麻裏加工職工の争議を応援、指導者が検束されたので、五月十二、三日ごろまで東京に逃れた。六月二十七日、名古屋共産党事件で門前署に検挙され、二十九日、千種《ちくさ》刑務所に入った。獄中で『資本論』を読み、筆墨紙《ひつぼくし》が許可され、「淫売婦《いんばいふ》」や「難破」（のち「海に生くる人々」と改題）を執筆。十月二日、予審終結。有罪が確定し、まもなく保釈が許可され、出獄。十一月、家族とともに木曽《きそ》の須原《すはら》におもむき、堰堤《えんてい》修理工事を請負っていた飛島組常山《つねやま》班の帳付けとなる。

大正十三年（一九二四）　三十歳

四月七日、懲役七カ月の判決を受けたが、不服として控訴。五月、岐阜県恵那《えな》郡中津町《なかつちょう》（現在、中津川市《なかつがわ》）に移住。六月二十七日、控訴審で禁錮《きんこ》七カ月の判決。同日、母トミが死去。十月「牢獄《ろうごく》の半日」を『文芸戦線』に発表。十四日、大審院で上告棄却され、まもなく巣鴨《すがも》刑務所に服役。十一月「感想録認メ方許可」され、「二人の子供へ。父より」（のち「誰が殺したか」と改題）

や「迷へる親」を執筆。

大正十四年（一九二五）　三十一歳

三月中旬、巣鴨刑務所を出獄。妻子が行方不明となった。岐阜県恵那郡の大同電力落合発電所の工事現場で働いた。五月二十四日、嘉和が愛知県知多《ちた》郡富貴《ふき》村で死亡。十一月「淫売婦」を『文芸戦線』に発表。一躍新進作家として注目を浴びる。同月十五日、民雄が死去。自作「年譜」に「巣鴨を出た、妻子は行衛不明になつてゐた。『淫売婦』や『海に生くる人々』を、友人を通じて、未知の青野季吉に預けて置いて、木曾地の水力発電所の工事場に帰つた。そこでは、飲酒の癖を覚えた。ひどくニヒリスチックになつてしまつた。二児の死を知つたのも、確か此年であつたやうに思ふ。雪の降り込む廃屋に近い、土方飯場で『セメント樽の中の手紙』を書いた」という。

大正十五年・昭和元年（一九二六）　三十二歳

一月「セメント樽《だる》の中の手紙」を『文芸戦線』に、二月「出しやうのない手紙」を『文章往来』に発表。三月、『文芸戦線』の同人になった。この頃、下宿をしていた岐阜県恵那郡中津町台《だい》町で西尾《にしお》菊江《きくえ》を識る。四月、菊江（通称、菊枝）と駆け落ち、上京して麴町《こうじまち》四番町一の光洋館に住んだ。五月「労働者の居ない船」を『解放』に発表。七月、第一創作集『淫売婦』を春陽堂より刊行。井荻町《いおぎまち》上荻窪《かみおぎくぼ》に移住。九月「浚渫《しゅんせつ》船《せん》」を『文芸戦線』に発表。十月、長篇《ちょうへん》小説『海に生くる人々』を改造社より刊行。十一月「誰が殺したか」を『文芸戦線』に発表。発足した日本プロレタリア芸術連盟に加盟。

昭和二年（一九二七）　三十三歳

二月「印度の靴」を『世界』に発表。文芸家協会に入会。杉並町高円寺《すぎなみちょうこうえんじ》に移転。三月、短篇集『浚渫船』を春陽堂より刊行。第一回渡辺賞を受賞。四月「死屍《しかばね》を食ふ男」を『新青年』に、五月「苦闘」を『中央公論』に発表。六月、プロレタリア芸術連盟が分裂、青野季吉《あおのすえきち》、蔵原惟人《くらはらこれひと》らとともに脱退し、労農芸術家連盟の結成に参加。十一月、蔵原惟人らが労農芸術家連盟を脱退し、前衛芸術家同盟を結成したが、青野季吉らとともに労農芸術家連盟に残留。二十一日、長男民樹《たみき》が生まれた。

昭和三年（一九二八）　三十四歳

二月「船の犬『カイン』」を『改造』に発表。三月、労農友の会の発起人となる。四月「鴨猟《かもりよう》」を『文芸春秋』に、「荒れた手万歳」を『文芸戦線』に発表。六月、『新選葉山嘉樹集』を改造社より刊行。七月、無産大衆党の執行委員に選出された。十一月「小作人の犬と地主の犬」を『文芸戦線』に発表。

昭和四年（一九二九）　三十五歳

一月「海底に眠るマドロスの群」を『改造』に発表。「恋と無産者」を二月末まで『福岡日日新聞』に連載。八月、大阪商船アメリカ丸で日本を周遊する。

昭和五年（一九三〇）　三十六歳

一月、日本プロレタリア傑作選集『誰が殺したか？』を日本評論社より、四月、短篇集『仁丹を追つかける』を塩川書房より刊行。六月、平林《ひらばやし》たい子らが労農芸術家連盟を脱退。八月「袋小路《ふくろこうじ》の同志たち」を『改造』に発表。十一月、黒島伝治《くろしまでんじ》らが労農芸術家連盟を脱退し、文戦打倒同盟を結成。十二月「けだものの尻尾《しっぽ》」を『改造』に発表。

昭和六年（一九三一）　三十七歳

三月、長女百枝《ももえ》が生まれる。四月「優秀船『狸《たぬき》』丸」を『改造』に発表。五月、細田《ほそだ》源吉《げんきち》、間宮《まみや》茂輔《もすけ》らが労農芸術家連盟を脱退。九月、「移動する村落」を翌年二月まで『東京朝日新聞』に断続連載。

昭和七年（一九三二）　三十八歳

一月、労農芸術家連盟の執行委員と文学部長を辞任。二月「歪《ゆが》みくねつた道」を『改造』に発表。四月、家族とともに中津町西《にし》新町《しんまち》の菊江の実家に移住。五月、労農芸術家連盟が解体、青野季吉らが労農文化連盟を結成。機関誌『文戦』は七月号をもって廃刊、『レフト』へ解消されることになった。七月、労農文化連盟が左翼芸術家連盟と改称。上京し、前田《まえだ》河広一郎《こうひろいちろう》、岩藤《いわとう》雪夫《ゆきお》らとともに左翼芸術家連盟を脱退。八月、里村《さとむら》欣三《きんぞう》らとプロレタリア作家クラブを創立。和田《わだ》堀松《ぼりまつ》ノ木《き》に移住。十月「猫《ねこ》の踊り」を『日本国民』に発表。

昭和八年（一九三三）　三十九歳

一月、プロレタリア作家クラブの機関誌『労農文学』（発行編集兼印刷人・葉山嘉樹）が創刊される。二月、日本文学大全集24『葉山嘉樹全集』（全一冊）を改造社より刊行。七月、学芸自由同盟第一回大会で幹事に選出された。八月、立ち退きがいやになり、バラックでも自分の家を建てる決心をし、友人に土地を借り、西田町《にしだまち》に建てかけたが、資金が続かなく十二月末になっても完成しなかった。九月、極東平和の友の会の会合中、田無《たなし》署に召喚《しょうかん》され、翌日、本庁の特高から取調べを受けた後、釈放された。十月「今日様《こんにちさま》」を『改造』に発表。杉並区馬橋《まばし》に移住。

昭和九年（一九三四）　四十歳

一月、家族を残し、長野県下伊那《しもいな》郡泰阜《やすおか》村明島《あけじま》に赴き、三信《さんしん》鉄道（現在、飯田線）工事に従事。飛島組錦竜配下中川《なかがわ》班の帳付けとなった。二月「鳥屋の一夜」を『改造』に発表。家族も明島に移った。三月「天竜河畔より」を『東京朝日新聞』に発表。七月、中川百助と衝突し、三信鉄道工事から手を引いた。九月、『群衆』同人の原義根《はらよしね》らの世話で、上伊那《かみいな》郡赤穂《あかほ》村北《きた》町の中川医院跡へ移住。十月「山谿《さんけい》に生くる人々―生きる為に―」を『改造』に発表。赤穂村鳥《とり》ノ木《き》町の高橋《たかはし》医院跡へ移転した。十二月「寒々とした自語」を『文芸』に発表。

昭和十年（一九三五）　四十一歳

一月「断崖《だんがい》の下の宿屋」を『改造』に、二月「山村に住みて」を『文学評論』に、五月「水路」を『改造』に、六月「人間の値段」を『文学評論』に、「小盗不成《しよとならず》」を『先駆』に、七月「窮鳥《きゆうちよう》」を『行動』に発表。八月、短篇集『今日様』をナウカ社より刊行。十一月、赤穂村竜生《りゆうせい》町へ移転する。

昭和十一年（一九三六）　四十二歳

二月「結婚式」を『改造』に発表。上京し、加藤勘十《かとうかんじゅう》の選挙を応援した後、岡山に行き、黒田寿男《くろだひさお》の選挙を応援。その帰り、金子《かねこ》洋《よう》文《ぶん》、平林たい子と白浜《しらはま》、勝浦《かつうら》を旅行する。三月「中野重治の印象批評」を『文学界』に、四月「底に沈む―林房雄に問ふ―」を『東京日日新聞』に、五月「紐《ひも》のついた命」を『文芸』に、七月「濁流《だくりゅう》」を『中央公論』に発表。八月、荒畑寒村《あらはたかんそん》らと駒《こま》ヶ岳《たけ》に登山。十一月中旬より年末まで、悪酒が原因で神経衰弱《すいじゃく》になり、医者に安静を命ぜられ、病臥《びょうが》。

昭和十二年（一九三七）　四十三歳

一月「蘆音《あしおと》」を『文芸』に、二月「窮鼠《きゅうそ》」を『日本評論』に、三月「裸の命」を『改造』に発表。上京し、鈴木《すずき》茂《も》三郎《さぶろう》、小堀甚二《こぼりじんじ》らの東京市会議員選挙を応援。四月、二女三千枝《みちえ》が生まれる。下旬から五月上旬にかけて、三浦愛二《みうらあいじ》の選挙応援に北九州へ行き、豊津村に寄った。八月、荒畑寒村と駒ヶ岳、乗鞍《のりくら》、焼岳《やけだけ》に登った。十月「馬鹿気た話」を『文学界』に、十二月「氷雨」を『改造』に、「一寸《ちょっと》待て」を『帝国大学新聞』に発表。荒畑寒村や山川均《やまかわひとし》らが検挙された。いわゆる人民戦線事件である。

昭和十三年（一九三八）　四十四歳

一月「万福追想」を『文芸』に発表。岐阜県恵那郡中津町の妻の実家に移住。三月、短篇集『山谿に生くる人々』を竹村書房より刊行。義父西尾伊《い》八《はち》所有の恵那郡落合《おちあい》村月柿《つきがき》の鳥屋へ移転。義父から田畑を借り、農業をはじめた。四月「暗い朝」を『改造』に発表。六月、二反八畝《うね》借りた田《たん》圃《ぼ》の田植えをはじめたが、稲熱《いもち》病などで収穫をあげることが出来ず、この年だけで百姓を放棄《ほうき》。九月「子狐《こぎつね》」を『新潮』に、十月「慰問《いもん》文」を『文芸』に発表。落合村与《よ》坂《さか》の糸井《いとい》川《がわ》勘六《かんろく》の持ち家を借り、狩猟《しゅりょう》解禁になったので鳥屋から移転。十一月「山の幸」を『日本評論』に発表。十二月、月柿の鳥屋に戻る。

昭和十四年（一九三九）　四十五歳

一月、短篇集『山の幸』を日本文学社より、二月、書き下ろし長篇小説叢書《そうしょ》『海と山と』を河出書房より刊行。四月、荒畑寒村が来訪。五月、有馬《ありま》頼義《よりちか》に捕鯨《ほげい》船乗り組の依頼の手紙を出したが実現しなかった。六月「部落の顔」を『改造』に発表。生活文学選集第七巻『流旅《りゅうりょ》の人々』を春陽堂書店より刊行。二男夏樹《なつき》が生まれる。この夏、木曾川で釣りに熱中。十二月「還元記」を『文芸春秋』に発表。

昭和十五年（一九四〇）　四十六歳

一月「墓掘り当番」を『新潮』に、「安ホテルの一日」を『公論』に発表。三月、昭和名作選集4『濁流』を新潮社より刊行。四月、『濁流』の印税で、長野県西筑摩《にしちくま》郡山口《やまぐち》村に、島崎民次郎《しまざきたみじろう》の古家を購入し移転。七月、短篇集『子狐』を三笠書房より刊行。八月「話の華」を『文芸』に発表。十月、三千枝が肺炎になった。湯浅克衛《ゆあさかつえ》が来訪。

昭和十六年（一九四一）　四十七歳

一月末、三千枝が全快。二月「子を護《まも》る」

を『改造』に発表。行方不明のため、そのままになっている喜和子の除籍を棚橋《たなはし》弁護士に依頼。三月、東宝で映画「流旅の人々」（高木孝一《たかぎこういち》監督）が上映された。『葉山嘉樹随筆集』を春陽堂書店より刊行。八月「義俠《ぎきよう》」を『中央公論』に、「飇風《ひようふう》」を『文芸』に発表。大阪放送局から島田敬一《しまだけいいち》の朗読で「雑草」「猫の奪還《だつかん》」が放送された。山口村に岸田国士《きしだくにお》を招いて講演会や座談会を開く。九月「不思議な村」を『日本の風俗』に発表。十月、村の海の家建設視察に、二村英巌、可知好郎らと宝飯《ほい》郡塩津《しおつ》村鹿島《かしま》の源光寺へ行った。この海の家は実現しなかった。十二月、岸田国士へ「ソコクノナンニオモムキタシグ　ンカンカゴヨウセンナド　ニニンムヲアタヘラレタシヘンマツハセマヨシキ」と打電。年末、静岡県賀茂《かも》郡南崎《みなみさき》　村大潮漁業協同組合、新居漁業組合などを見学。

昭和十七年（一九四二）　四十八歳

二月、家屋を抵当《ていとう》に、三百円を借りた。三月、長男民樹の粟島《あわしま》商船学校入学試験に付添って和歌山へ赴《おもむ》いた。三月、岸田国士や拓務《たくむ》省拓北局の佐分利清《さぶりきよし》に満洲や南方の事情を聞くために上京。下旬、民樹の身体再検査、入学式に多度津《たどつ》へ同行。五月「海に行く」を『改造』に、六月「海に行く」（「海の家へ」と改題）を『新潮』に発表。十月、翼賛出版協会から六カ月の期限で書きおろし長篇の依頼を受けた。十一月、日本文学報国会主催の第一回大東亜文学者大会に出席のため上京。一日目だけ出席し、二日目からは欠席した。

昭和十八年（一九四三）　四十九歳

三月、山口村の満州建国勤労奉仕班の班長として、満州国北安《ほくあん》省徳都県双竜泉開拓団に向う。五月「入植記」を『毎日新聞』に発表。八月、肝臓を悪くし、帰国の途につき、九月五日に帰宅。十一月「ある日の開拓村」を『文芸』に発表。

昭和十九年（一九四四）　五十歳

一月、皇国農村確立促進文化講座が開かれ、岸田国士、照井瓔三《てるいえいぞう》が来村。四月、神坂《みさか》・田立《ただち》・山口の三カ村より満州拓士送出運動を嘱託《しょくたく》される。九月、満州開拓移民慰問《いもん》視察に、薬品、書籍、蓄音機などを持って、村会議員らと双竜泉へ行く。

昭和二十年（一九四五）　五十一歳

二月、満州拓士送出運動の嘱託を解かれ、収入の途がとぎれたので薪運《まき》びや松根掘りなどをした。六月、満州開拓団員として、百枝（勤労奉仕隊）を連れて山口村を発《た》つ。七月、北安省徳都県双竜泉の開拓団に到着。八月、アメーバ赤痢《せきり》にかかる。十月十八日、敗戦により帰国の途中、ハルピンの南方、徳恵《とくけい》駅の少し手前の車中で病死。徳恵駅の近くに埋葬された。戒名、清流院葉山大樹居士。

昭和二十一年六月三日、満洲北安省徳都県双竜泉の開拓村から帰宅した長女百枝により、葉山嘉樹の死亡がはじめて判明し、翌日、新聞に死亡記事が報道された。

（浦西和彦編）

本書は、筑摩書房版『葉山嘉樹全集』（全六巻、一九七五―七六年）を底本とし、郷土出版社版『葉山嘉樹 短編小説選集』（一九九七年）、角川ホラー文庫版『新青年傑作選 怪奇編 ひとりで夜読むな』（二〇〇一年改版）等を参照して、現代表記法により、原文を新字・新かなづかいに改めました。
なお本書中には、今日の人権擁護の見地に照らして、不適切と思われる語句や表現がありますが、著者自身に差別的意図はなく、また著者が故人であること、作品自体の文学性・芸術性を考え合わせ、原文のままとしました。

本書カバーに使用した『文戦1931年集』表紙イラストに関わった城戸要氏の連絡先が不明です。ご本人、ご家族、もしくは消息をご存じの方からのご連絡をいただければ幸いです。

（編集部）

セメント樽《だる》の中《なか》の手紙《てがみ》

葉山嘉樹《はやまよしき》

平成20年 9月25日　初版発行
平成29年 10月5日　3版発行

発行者●郡司 聡

発行●株式会社KADOKAWA
〒102-8177　東京都千代田区富士見2-13-3
電話 03-3238-8521（カスタマーサポート）
http://www.kadokawa.co.jp/

角川文庫 15328

印刷所●大日本印刷株式会社　製本所●大日本印刷株式会社

表紙画●和田三造

Printed in Japan
ISBN978-4-04-391701-3　C0193

角川文庫発刊に際して

角川源義

第二次世界大戦の敗北は、軍事力の敗北であった以上に、私たちの若い文化力の敗退であった。私たちの文化が戦争に対して如何に無力であり、単なるあだ花に過ぎなかったかを、私たちは身を以て体験し痛感した。西洋近代文化の摂取にとって、明治以後八十年の歳月は決して短かすぎたとは言えない。にもかかわらず、近代文化の伝統を確立し、自由な批判と柔軟な良識に富む文化層として自らを形成することに私たちは失敗して来た。そしてこれは、各層への文化の普及滲透を任務とする出版人の責任でもあった。

一九四五年以来、私たちは再び振出しに戻り、第一歩から踏み出すことを余儀なくされた。これは大きな不幸ではあるが、反面、これまでの混沌・未熟・歪曲の中にあった我が国の文化に秩序と確たる基礎を齎らすためには絶好の機会でもある。角川書店は、このような祖国の文化的危機にあたり、微力をも顧みず再建の礎石たるべき抱負と決意とをもって出発したが、ここに創立以来の念願を果すべく角川文庫を発刊する。これまで刊行されたあらゆる全集叢書文庫類の長所と短所とを検討し、古今東西の不朽の典籍を、良心的編集のもとに、廉価に、そして書架にふさわしい美本として、多くのひとびとに提供しようとする。しかし私たちは徒らに百科全書的な知識のジレッタントを作ることを目的とせず、あくまで祖国の文化に秩序と再建への道を示し、この文庫を角川書店の栄ある事業として、今後永久に継続発展せしめ、学芸と教養との殿堂として大成せんことを期したい。多くの読書子の愛情ある忠言と支持とによって、この希望と抱負とを完遂せしめられんことを願う。

一九四九年五月三日

角川文庫ベストセラー

蟹工船・党生活者　小林多喜二

オホーツクで過酷な労働を強いられる人々を描き、ワーキングプアの文学として再び脚光を浴びるプロレタリア文学の金字塔。雨宮処凛の解説を収録。

母　三浦綾子

貧しくとも明るく、大らかな心で、『蟹工船』を書いた小林多喜二を見守った母セキの、波乱に富んだ一生を描く感動の長編小説。三浦文学の集大成。

生まれ出づる悩み　有島武郎

白樺派らしい人道主義から隣人愛を描いた表題作をはじめ、「フランセスの顔」「クララの出家」「石にひしがれた雑草」の計四編を収録する珠玉作品集。

一房の葡萄　有島武郎

有島武郎の童話には、白樺派の理想主義とともに高い芸術性が表現されている。愛の手で盗みを浄化する表題作をはじめ、有島の全童話八編を収録。

高野聖　泉　鏡花

山の孤屋に一夜の宿を借りた僧は、女に心乱れるが…。独自の幻想世界を築いた表題作ほか、「義血侠血」「夜行巡査」「外科室」「眉かくしの霊」を収録。

野菊の墓・隣の嫁　伊藤左千夫

田園を舞台に育まれた民子と政夫の清純で悲しい恋を描いた名作「野菊の墓」をはじめ、表題作ほか「奈々子」「水害雑録」「春の潮」の計五編を収録。

真田軍記　井上　靖

三代にわたる真田一族を側面から描き、戦国武士の心理を活写した表題作の他、「篝火」「高嶺の花」「犬坊狂乱」「森蘭丸」の戦国に取材した4編を収録。

角川文庫ベストセラー

星と祭 (上)(下) 新装版　井上靖

娘の死を受け入れられない父親が、ヒマラヤで月を観、十一面観音を巡りながら哀しみを癒やしてゆく。親子の愛と死生観を深く観照した傑作長篇。

風と雲と砦 新装版　井上靖

戦国時代、武田と徳川の攻防の中で出逢う三人の男と三人の女。無情な歴史と人間の姿を詩情溢れる筆致で浮き彫りにする、歴史人間ドラマの傑作。

淀どの日記 新装版　井上靖

浅井家の長女として生まれ、一家を滅した仇敵・秀吉の側室となった淀どの。悲運の生涯を誇り高く生き抜いた姿を描いた、野間文芸賞受賞作。

ながい旅　大岡昇平

映画『明日への遺言』原作。戦犯裁判で、部下の命と軍の名誉を守り抜いて死んだ岡田中将の誇り高き生涯。彼の写真と幻の遺稿を収録。

伊豆の踊子　川端康成

一高生が孤独の心を抱いて伊豆への旅に出、旅芸人の踊り子にいつしか烈しい思慕を寄せる。青春の慕情と感傷が融け合って高い芳香を放つ。

雪国　川端康成

「無為の孤独」を守る島村が、上越の温泉町で芸者駒子と出会う。新感覚派の旗手として登場した著者の代表作。サイデンステッカーによる解説付き。

檸檬《レモン》・城のある町にて　梶井基次郎

病魔と闘いながら真摯に生きた梶井の作品は、繊細な感受性と逞しい筆致によって退廃や衰弱を描き、健康な近代知識人を見事に表明する。

角川文庫ベストセラー

ろまん燈籠　太宰治

退屈になると家族が集まり〝物語〟の連作を始める入江家。個性的な兄妹の性格と、順々に語られる世界が響きあうユニークな家族小説。

津軽　太宰治

自己を見つめ、宿命の生地への思いを素直に綴り上げた紀行文であり、著者最高傑作とも言われる感動の一冊。

愛と苦悩の手紙　太宰治　亀井勝一郎＝編

昭和七年から、自ら死を選ぶ昭和二十三年まで、二百十二通の書簡を編年体で収録。太宰の素顔、さまざまな事件、作品の成立過程を明らかにする。

吾輩は猫である　夏目漱石

漱石の名を高からしめた代表作。苦沙弥先生に飼われる一匹の猫にたくして展開される痛烈な社会批判は、今日なお読者の心に爽快な共感を呼ぶ。

坊っちゃん　夏目漱石

江戸っ子の坊っちゃんが一本気な性格から、欺瞞にみちた社会に愛想をつかす。ロマンティックな稚気とユーモアは、清爽の気にみちている。

草枕・二百十日　夏目漱石

「草枕」は人間の事象を自然に対するのと同じ無私の眼で見る〝非人情〟の美学が説かれているロマンティシズムの極致である。

虞美人草　夏目漱石

「生か死か」という第一義の道にこそ人間の真の生き方があるという漱石独自のセオリーは、以後の漱石文学の方向である。

角川文庫ベストセラー

銀の匙《さじ》　中勘助

土の犬人形、丑紅の牛——走馬燈のように廻る、子供の頃の想い出は、宝石箱のように鮮やか。誰の記憶の中にでもある《銀の匙》。

李陵・山月記・弟子・名人伝　中島敦

「臆病な自尊心と尊大な羞恥心」から虎に姿を変えた苦悩を描く「山月記」をはじめ、中国古典に取材し、人間の存在とは何かを追求した計六編を収録。

濹東綺譚　永井荷風

かすかに残る江戸情緒の中、向島の玉の井を訪れた大江はお雪と出会い、逢瀬を重ねるが…。詳しい解説と年譜、注釈、挿絵つきで読みやすい決定版。

たけくらべ・にごりえ　樋口一葉

吉原を舞台に、子供達の成長と思春期の恋を描く「たけくらべ」をはじめ、表題作ほか「大つごもり」「十三夜」「わかれ道」「われから」の計六編を収録。

風立ちぬ・美しい村　堀辰雄

「風立ちぬ」は、死の深淵にのぞんだ二人の人間が「どれだけお互いに幸福にさせ合えるか」という主題を追求する。

注文の多い料理店　宮沢賢治

すでに新しい古典として定着し、賢治自身がもっとも自信に満ちて編集した童話集初版本の復刻版。可能な限り、当時の挿絵等を復元している。

セロ弾きのゴーシュ　宮沢賢治

セロ弾きの少年・ゴーシュが、夜ごと訪れる動物たちとのふれあいを通じて、心の陰を癒しセロの名手となっていく表題作など、代表的な作品を集める。

角川文庫ベストセラー

螢川　宮本輝

少年と姉弟の束の間の交遊を描き太宰治賞を受賞した「泥の河」と、少年の心の動きと蛍の大群の乱舞を抒情的に描いた芥川賞受賞の表題作を収録。

道頓堀川　宮本輝

大阪ミナミの歓楽街、道頓堀界隈は、眩いネオンとは裏腹に、人間の哀しさを奥深くに隠し秘めた街。様々な過去を背負った人間群像を描く感動長編。

海辺の扉（上）（下）　宮本輝

最愛の息子を死なせた過去を背負い、紺碧のアテネの空の下、あてどなき人生の旅は始まった。心の闇に広がる光の彩りを描く、宮本輝文学の最高峰。

彗星物語（上）（下）　宮本輝

とまどい、そして衝突。ハンガリー人の留学生を迎え入れた城田家の人々は少しずつ変わり、新しい絆と歓びが生まれてゆく。愛情と成長の物語。

新版 **悪魔の飽食**
日本細菌戦部隊の恐怖の実像！　森村誠一

日本陸軍が生んだ世界で最大規模の細菌戦部隊は、日本全国から優秀な医師や科学者を集め、三千人余の捕虜を対象に非人道的な実験を行った！

新版 **続・悪魔の飽食**
第七三一部隊の戦慄の全貌！　森村誠一

第七三一部隊の研究成果は戦後、米陸軍細菌戦研究所に受け継がれ、朝鮮戦争にまで影響を与えた。〝戦争〟を告発する衝撃のノンフィクション！

悪魔の飽食 第三部　森村誠一

一九八二年九月、著者は〝悪魔の部隊〟の痕跡を辿った。加害者の証言の上に成された第一・二部に対し、現地取材に基づく被害者側からの告発。